だったら私が貰います！
婚約破棄からはじまる溺愛婚（希望）

プロローグ　私と貴方はお揃いです！　透明人間の政略結婚（未定）

——人生なんて、ただの茶番だ。

特に貴族の結婚なんて上手くいかないハリボテ、期待するだけ無駄なのだと重々承知の上である。

「でもだからって、仮にもこれはひどすぎるんじゃないかしら」

自分が望んだわけでもない、決められた相手。まだ婚約者候補というだけだが、一応私はその筆頭。狩猟会に参加したのなら、マナーとして獲物の一匹くらいは捧げてくれてもいいものだが、彼が私に捧げてくれたことは過去一度もない。

筆頭であるがゆえに同じ婚約者候補の令嬢達の中にいても居場所がなく、だが相手からも特別扱いをされない私はまるで透明人間のよう。それでも令嬢達からの嫌味は聞こえるのでいっそ本当に透明人間になってしまいたいと思う日々。

「本当、やってられないわ」

思わずそう呟きながら、気分転換に令嬢達から離れた私の視界に、突如真っ黒な髪が飛び込んだ。

（あぁ、そういえば彼も私と似たようなものだったわね）

それは私と同じく、透明人間のように自身の相手からスルーされている彼への同情から発した言葉だった。

「私がソレ、貰ってあげましょうか」

こんなところに令嬢がいるなんて思っていなかったのだろう。

声をかけると、驚いたように彼のオリーブ色の瞳がゆっくりと見開かれる。

一瞬きょとんとし、一拍遅れて言われた内容を理解したのか、彼は自身の手元の兎と私を見比べゆっくりと口を開き――……

第一章　だったら私が貰います！　婚約破棄からはじめる溺愛婚（希望）

「ほんっと、茶番にもほどがあるわ！」

夜会用の優雅なドレスとはあまりにもミスマッチだが、チッと思い切り舌打ちする私は悪くない。

公爵令嬢であり、この国マーテリルアの王太子であるアレクシス・ルーカン第一王子の婚約者候補筆頭である私ことシエラ・ビスターがよりにもよって壁の花！

（本当にバカにしてくれちゃって……！）

そもそもこの私が夜会等の場にエスコートもなく一人で来る意味を、あのバカ王子はわかっているのだろうか。

（絶対にわかってないわね）

内心毒づいた私は、わざとらしいほど大きなため息を吐く。

十歳の時にアレクシス殿下の婚約者候補に選ばれてから、早九年。最後にエスコートされたのはもう何年前だったのかすら怪しいほど昔のことなのに、横恋慕を疑われ王家を敵に回したら……との理由からほかの貴族令息にエスコートを頼んでも断られる始末。

その結果私は、何年も付き添いなしでパーティーへ単独乗り込むしかできなかったのだ。

(周りの令嬢からは笑い者にされるし、エスコートもしてくれない殿下がダンスを申し込んでくれるはずもないし)

口からはぁっ、と大きなため息が漏れる。

この国では婚約者がいる場合、ファーストダンスは必ず婚約者と踊らなくてはならない。もちろん婚約者『候補』の私には、その決まりは適用しない、けれど……

「そもそもエスコートすら断られてるのに、誰もダンスなんて申し込まないわよ」

夜会も、お茶会も、狩猟会も。そういったイベントはいつもひとり。

公爵家という立場上欠席もできず、私にできるのはただ背筋を伸ばし強気で立つことだけだった。

(ま、一回だけ違ったんだけどね)

なんて思わず苦笑しつつ、苛立ちを隠せない私は今日の夜会もひとりで参戦している、が……

「それも、今日までだわ」

くすりと笑みを溢し、私は殿下が来場するのを待った。

「アレクシス第一王子と、キャサリン・カーラ男爵令嬢のご入場です！」

（来たわ！）

声高らかに名を呼ばれ、開かれた扉から入ってくるのは、濃い金髪にまっ赤な瞳が印象的なアレクシス殿下、そしてまるで輝くように美しいピンクブロンドの髪をなびかせた小柄なキャサリン男爵令嬢だった。見せつけるかのように殿下の腕に纏《まと》わりつくその女は、よくこれだけ人がいるのにこのスピードで私を見つけられるな……なんて感心するほど目ざとく、これ見よがしにニコッと笑顔を向けてくる。いつもなら苛立ちつつ睨むしかできなかったけれど、今日の私は今までとは違う。

（私はもう、我慢できないのよ！）

父の説得に時間がかかってしまったが、やっと許可がおりた、今日この日だけは！

まるで花が綻《ほころ》ぶように微笑む腹立たしい彼女とは対照的に、私は誰よりも軽やかにヒールで床をカツッと鳴らし、ニッとどこか悪役のように口角を上げて彼らの前に立ち塞がった。

今までとは違う私の行動に驚いたのか、キャサリン嬢は殿下の腕によりしがみつく。

そんな彼女を庇うように殿下は私を睨みつけた。

（だからまだ何もしてないでしょ！）

被害者ぶるふたりにさらに苛立ちつつ、私は周りに聞こえるよう声を張り上げる。

「私、もう我慢なりませんの。婚約解消していただきます！」

私のその一言に会場は一気に静まり返る。

けれどすぐにハッとした殿下は、私をバカにしたように鼻を鳴らした。

「婚約解消というのは、婚約した者同士がするものだろう？」

「えぇ、その通りですわね」

「私とシエラ嬢はあくまでも婚約者『候補』。いつから婚約者になったと勘違いしていたんだい？」

どこか見下すように笑いながら殿下がそう言うと、隣の女が小さく吹き出す。

「アレクぅ、シエラ様が可哀想ですわぁ」

「ふふ、キャシーは優しいね。でも間違いは正さないといけないだろう？」

だが鼻で笑いたいのはこちらの方だ。

(誰が私の婚約だって言ったのよ)

甘ったるい声でイチャつく二人に辟易《へきえき》しながら、私はキャサリン嬢を思い切り指差す。

「解消していただきたいのは、貴女の婚約ですわよ。キャサリン・カーラ男爵令嬢！」

この会場中に響くようにそう断言すると、やはり静まり返った……ところに、パタパタと駆け寄る足音がひとつ。

「……っ、ちょ、待って、それって！」

慌てて人混みから飛び出したのは、黒髪と優しげなオリーブ色の瞳をした男爵令嬢の婚約者。

「貴女と彼、バルフ・ネイト子爵令息との婚約を解消してくださるかしら！」

「ちょっとだから待って、なんで俺の知らないとこでこんな……え？　本当に何がどうなってるんだ!?」

オロオロするバルフ様を背に、ぽかんとしたままのキャサリン嬢へ一歩足を進めた私は、今度は周りには聞こえないよう小声で話す。

「……ほら、頷いちゃいなさい。殿下の寵愛は今は貴女のものでも、婚約者がいるままではただのお遊びで終わるわ。でも婚約を解消したら、王太子妃の座は……」

「わ、私の、もの？」

ぽつりと呟く彼女に、私は勝ちを確信する。その勢いのまま今度は殿下をパッと見上げた。

「殿下の仰る通り、私はあくまでも『候補』。私は貴方様が誰を選ぼうが文句を言えません。それは、殿下にも言えますわよね？」

「何を」

「わっ、私！　バルフとの婚約を解消します！」

「ちょっと待って！　キャサリ……っ」

大きな声で婚約解消すると宣言したキャサリン嬢を慌ててバルフ様が制止しようとする。

さらにそれを遮るように、私はさっと彼の手を取ってその場に跪《ひざまず》いた。

「っ⁉」

相変わらず静まり返っている城内で、私の心臓だけがやたらとうるさい。

それでも、私はもう我慢できなかったから。

「婚約解消されましたよね？　だったら私が貴方《バルフ様》を貰います！」

「え……、え？」

「私と結婚してください！」

それは前代未聞の、略奪に近い状況下での令嬢《私》からのプロポーズだった。

「え、えぇえっ!?」

「と！　いうわけで初夜ですわよっ」

「なんで、なんでなんだ……俺に何が起こってるんだ……？」

公爵家と子爵家。

あまりにも差のある身分のため、私のプロポーズはほぼ命令に近かった。

（バルフ様にとって不本意だとは思うけど）

それでも、彼女が彼を選ばないならば。

（だったら、私が貰ってもいいはずよ）

婚約解消という醜聞は男性である彼にはあまり影響はないものの、相手が王子となれば話は別だ。

このまま殿下とキャサリン嬢が上手くいってもいかなくても、王子の相手に横恋慕したという〝状況〟はそれだけで彼の足を引っ張るだろう。だからこそ私は、衆目の中でバルフ様とキャサリン嬢が婚約状態にあり、殿下こそが横恋慕だったと印象付けつつ――……

（断れない状況で、なし崩し的に結婚に持ち込んでやったわ！）

ふふん、と思わず内心でほくそ笑む。

皆の前でプロポーズした私は、そのまま彼の返事も聞かずにバルフ様と一緒に会場を後にした。

そしてそのまま彼の実家に行き、プロポーズしたことを伝えると、彼の両親はただただ顔を青くしながら彼を婿に出すと了承してくれたのだ。

「そして今よ！」

「なんで……俺はさっきまで夜会に、夜会にいたはずなんだ」

相変わらず混乱しているバルフ様の黒髪をそっと撫でる。

硬そうに見えたその髪は、触れるとまるで猫のように柔らかくしなやかでとても心地いい。

「強引にコトを運んだのはお詫びするわ」

両手で顔を覆い、ベッドで項垂《うなだ》れるバルフ様に、そっと寄り添うように隣へ座る。

そのまま自慢の胸に彼の頭を誘導し、たゆんと包み込むと、うじうじしていた彼はピクッと反応した……計画通り。

（さぁ落ちなさい、まず体からでいいから、私に落ちなさい！）

完璧に準備していたため、婚約破棄からおよそ数時間で婚姻まで漕ぎ着けた。

しかし、そんな結婚に心が伴うわけもない。

——それでも、今は構わないから。

「いつか心も……ね、バルフ様」

好かれてなくてもいい。もう結婚したし、夫婦にはなれた。

だから今からの時間は全て彼に好かれる努力をすればいいだけだ。

そのまま胸を押し付けつつ、のし掛かるように彼を押し倒す。

ローブを脱いだその下は、この初夜のために用意したとっておきのレースの夜着。それは私のくすんだ錆《さび》色の髪にも映えるように、選びに選び抜いたものだった。

「彼女みたいに綺麗な髪じゃなくて申し訳ないのだけれど、せめて少しでもマシに見えるように選びましたのよ」

少し自嘲気味なのは、憎たらしくもやはり可愛いあの女に嫉妬しているからだろう。

(私とは違い、バルフ様はちゃんと彼女の婚約者だったのだから)

「ですが今、私は妻！　婚約者の未来形よ！」

そう宣言した私は力任せに彼の上着のボタンを引きちぎった。

「いざ参らん！」

「ぎゃぁぁあ！」

初夜を迎えた新婚夫婦の部屋には似合わない叫び声が響いた。だが、それもスパイスのひとつと割り切った私は、勢いのまま彼のズボンを思い切り下ろし、下履きを寛げる。

「えっ」

そして目にしたのは、しおしおと元気のない男性の象徴、彼の大事なアレだった。

「こ、これが最大サイズでも私の愛は揺るがな……っ」

「んなわけないですよね!?　というか！　こんな状況で勃つわけがないでしょ!?」

「えっ！　おっぱいは、お好きでは、ない……？」

「いや、好き……で、も！　流石《さすが》にこの状況ではちょっと……！」

「……くっ」

（彼の元婚約者に勝てるのはこれだけだったのに！）

まさかピクリとも反応してもらえないとは思わなかった。私が思わず項垂《うなだ》れると、いそいそと服を着直したバルフ様がそっと落ち込んだ私の頭を撫でる。

「……本当によくわからないんだけど、さ。良ければ互いに知るところから始めてもらえませんか？」

「知る、ところから？」

「シエラ様と俺は余りに身分が違いすぎるとはいえ、それでも今は夫婦……です、から」

少し恥ずかしそうに俯いた彼の耳が赤く染まっているのに気付き、私はそれだけで満たされた気持ちになった。あぁ、彼はこんな状況でも私と向き合うと決めてくれたのだ。

（そうよ、体から落とす作戦は失敗したけれど、いつか心も落とすつもりだったじゃない）

「絶対」

「？」

「絶対絶対絶対振り向かせて、絶対絶対絶対抱かせてみせますから！」

「ッ⁉」

私のあまりにも明け透けな本音に驚いたのか、オリーブ色の瞳をギョッと見開き、こちらを見る。

（やっと、目が合ったわ）

たったそれだけだが、嬉しくなった私が思わず微笑むと、釣られたのか彼の瞳も少し弛んだ。

まずは、ここから。

「なるべく早く惚れてくださいね、〝バルフ〟」

「……お手柔らかにお願いします、"シエラ"」

少し歪にスタートした私達の新婚生活は、まだ始まったばかりなのだから。

◇ ◇ ◇

公爵家へ婿入りしたバルフは、元々商家も担う子爵家だったこともあって頭の回転が早く、身体能力も悪くなかった。しかし目立ちはしないものの、元々嫡男であったことで仕事の基盤もすでにできており、公爵家でも重宝された。気付けばいつか公爵位を継ぐ兄のいい部下として迎え入れられていたのである。それは妻である私も喜ばしい。ものすごく喜ばしい、が。

「しばらくお休みをいただけるかしら!?」

兄の執務室の机をバンッと両手で叩いた私は、やはりオロオロするバルフを背にへらりと笑う兄と対峙していた。

「それはシエラの？ それともバルくんの？」
「ふたりともです！」
「えっ!? ちょ、シエラっ」

驚くバルフを無視してそう宣言し、あの夜会の時のように彼の手を取る。一応チラリと兄に目線をやると、微笑みながら手を振ってくれていた。

（今は繁忙期でもないし、お兄様の様子を見るに問題はなさそうね）

勢いに任せ兄の部屋に乗り込んだものの、妻である私が夫であるバルフの努力を無下にするわけにはいかない。兄の様子で問題がないと判断した私は、そのまま安心してエスコートするように彼を攫《さら》った。いそいそとふたりの部屋に連れ立ち、ソファに並んで腰掛ける。

「早く馴染むために頑張るバルフはとても素敵ですが、私達は先日結婚したばかりです。しばらく仕事を休んでも問題ありません」

「でも」

「まずは仕事に、ではなく〝家に〟慣れていただかなくては」

そう伝えた私は、戸惑ったように視線を揺らす彼の瞳を隠すように、そっと片手で彼の瞼に触れる。驚いたのか少しだけ彼の肩が跳ねたが、すぐに私の手のひらに委ねるように瞼を閉じた。

（や、やだ……受け入れてくれるなんて可愛いわね）

大人しく身を任せるバルフに胸が高鳴り、軽く結んだ彼の唇に釘付けになった。

（今なら口付けできるわね？）

口付けくらいいいのではないだろうか。というかしたい。バルフと口付けたい。

コクリと小さく唾を呑んだ私は、そっと彼に顔を近付け……

「えっと、シエラ？　俺はいつまで目を閉じていればいい？」

「ひぇっ」

声をかけられた私は慌てて顔を離す。

「あ、貴方が寝るまでですわ！」

「えっ!?　ね、寝るまで？　まだ日も高いんだけどっ」

「それはわかっていますが」

そっと手を離し顔を覗き込むと、彼はゆっくり瞳を開いた。

彼の目元にはくっきりとしたクマができている。

「あまり、眠れていないのでしょう？」

「そ、れは」

「バルフが頑張ってくれているのは、皆わかってますわ。むしろわかっているからこそ、皆から信頼され、重用されているのだと思います」

突然連れてこられた彼が、それでも必死に家のことを学んでくれているのはきっと義務感。

だからこそ、彼の体調を気遣うのが妻である私の役目だ。

「急がなくてもいいのです、だってここは、もう貴方の家でもあるんですから」

そう伝えると、バルフがどこか辛そうに眉を寄せた。

「どうして、その、俺なんかのために？」

「え？」

「結婚だって。公爵家からすれば子爵家の俺なんて家としての魅力もないし、男としても地味なだけだし」

溢《こぼ》すように呟かれたその言葉に驚愕する。

（た、確かに真っ黒な髪にオリーブ色の瞳は、穏やかだけど目を引くわけではない……ことは！認めるけども！）

「好きですわ」

「へ？」

「ですから、私は貴方が好きなんです」

「えっ、俺を……？」

「そ、う、で、す、わ！　好きじゃなければあんな場で拐《さら》ったりなんかしませんっ」

「えぇっ!?　でも俺なんかどこにでもいる普通の……むしろ才能も特出したものも何もない、つまらない男なんだけど」

怪訝な顔をした彼を見て、そのあまりにも自信のない様子に私は軽く目眩を覚えた。

（落ち着いた雰囲気は居心地がいいし、安らぐし！　それにどこにでもいる普通の人はあの時――）

そこまで考えた私は、部屋中に響くくらい大きなため息を吐く。

「わかりましたわ」

私がベルを軽く鳴らすとすぐに執事が入ってきた。

その執事に向かって軽く頷くと、彼はそのまますぐに部屋を出ていく。

「寝るのは少しお待ちくださる？」

「それはもちろん大丈夫だけど」

戸惑いながら頷くバルフに、自然と笑みを溢しつつ再び執事が来るのを待つ。

するとすぐに扉を叩く音が響いた。

「どうぞ」

静かに返答すると、公爵家専属の仕立て屋が深く頭を下げて入ってくる。

「バルフ様、少し失礼いたします」

「お、俺?」

動揺する彼に立つよう促し、サクサクとサイズを計った仕立て屋は、いくつかのデザイン画を広げて見せた。

「見た目によらずバルフ様は案外引き締まった体をされておりますので、こういったデザインもお似合いになるかと」

「『案外』は余計だけれどいいわね」

「それからこちらの服でしたら、深いグリーンのシャツを合わせていただきまして」

「それも素敵ね」

気の知れた仕立て屋と次々に決めていく。

「ちょ、ちょっと待ってシエラ⁉」

慌てつつも邪魔にならないよう私の袖を軽く引っ張る様子すら、可愛く思えるのはきっと惚れた弱みというやつなのだろう。そんな彼の頬に掠めるだけのキスをすると、その頬がまっ赤に染まった。

(私が絶対幸せにするわ)

心の中でそう強く誓った私は、パッと仕立て屋へ向き直る。

「とりあえず十セットずつ作ってちょうだい！」

「多いから！」

ひぇぇっと今度はまっ青になったバルフを横目に指示を出すと、私へ親指をグッと立てた仕立て屋がいい笑顔をしたまま部屋を出て行った。


「おかしい。公爵家の予算、怖い」

バルフはぶつぶつ呟きながら顔を手で覆っている。

その手に自分の手をそっと重ね、私は彼を再びベッドへ誘導した。

「さぁ、次は寝る時間ですわ」

そのまま彼を押し倒すように横にならせ、自分もそっと隣に寝そべる。

「いや、でも」

「とりあえずその顔色をなんとかするの」

「この顔色は目の前での散財に震え上がっただけなんだけど」

「まぁ、私を気遣って隠さなくても構いませんわよ」

「えぇぇ……」

寝ないどころか、執務室へ戻りたそうにするバルフ。

少しムッとした私は「えいっ！」と上掛けを被りながら、彼の上にのし掛かった。

「ちょ……っ！」

「貴方は地味で目立たなくて空気のようかもしれませんが」

「そこまで言ってない」

「それは努力でき、尊重でき、相手のために一歩退《ひ》けるということです」

（自信がないのはあの婚約者に無視されていたからね）

のし掛かったことで直に感じる彼の筋肉の感触にドキッとした。服の下に隠れているが、商家であある実家での仕事で買い付けや荷物運びをし、自然とついただろう筋肉はとてもしなやかだ。

今日買った服を着せると必ず化けるという確信があった私は、その姿を見てそれが少しでも彼の自信に繋がることを願い――チクッとした胸の痛みも同時に感じた。

（もし化けた彼に、キャサリン嬢が粉をかけてきたら？）

体だけでも夢中にさせられていたならば堂々と返り討ちにしてやると意気込む。

だが、現状の進展はゼロ。さらに初夜の失敗を思い出した私は思わず黙り込んだ。

突然静かになった私を怪訝に思ったのか、そっとバルフが頭を撫でる。

「どうかした？」

「いえ、なんでもありませんわ」

（心配をかけるのは違うわね）

にこりと微笑みを返すと、撫でていた手を頬に移動させたバルフが突然ぶにっと引っ張った。

その行動に唖然とする。

「ちょっ⁉」

「ふ、ははっ」

痛くないように手加減されているとはいえ、頬を引っ張られては顔が歪む。できれば好きな人には整った表情だけを見てほしいのは、乙女として当然の心理だが……

「可愛い」

「――え？」

ぽつりと呟かれたその言葉に、私は思わず目を見開いた。

「俺が夜更かしして勉強しているのはさ、早く貢献できるようになりたいからだけど」

「え、えぇ。もちろん存じておりますわ」

「そんな俺に合わせてシエラもあまり寝てないだろ？」

「！」

（気付いてたの⁉）

最初は初夜の件で避けられてしまったのかもという不安があった。だから彼が夫婦の寝室へ戻ってきてくれるかを確かめたくて起きていた。

けれどすぐ、彼が兄の仕事を手伝うために勉強していると知った私は、妻としてせめてなるべく彼に合わせて起きて待つように心掛けていたのだ。

（けれど結局、途中で寝てしまってばかりいたのに）

それでも彼が気付いていたことに、言葉にできない嬉しさが広がって胸が温かくなる。

「シエラも寝るなら、俺も寝ようかな」

ふっと表情を和らげた彼にそう告げられ、期待から胸が高鳴る。

(そういう意味じゃない、そういう意味じゃないのはわかってるけど……っ)

これでも新婚夫婦なのだから、もう少しくらい彼と距離を近付けてもいいのでは？　と思った私は、いそいそと彼の隣に寝転び直し、体を彼の方へ向ける。そしてそのまま彼の手を取り、そっと自身の胸にその手のひらを這わせた。

「――っ⁉」

「貴方の元婚約者に勝てるのはこれだけですから」

小柄でスレンダーだったキャサリン嬢に対し、女性にしては高めの身長の私は、正直守りたくなるような容姿の女ではないと自覚している。くりくりの大きな瞳とは違うツリ目は、それだけできつく見られがちだというのも理解していた。

(そんな私に唯一あるのは、この豊満なおっぱい……！)

初夜で彼の頭を誘導した時、確かに彼はピクリと体を跳ねさせていたし、好きだと言質も取った。ならばこの胸を使わない手はない。彼の手の上から自身の胸を揉みしだくと、すぐに手を振り払われると想定していたのに抵抗されないことに驚いた。

(や、やだ、なんだか彼の手を使って自慰してる気分になってきたわね)

わずかに芽生える罪悪感。しかし拒否されない喜びとこの行為の背徳感に、じわりと下腹部に熱が集まりはじめる。今なら初夜のリベンジができるのではと期待した。

(まずは口付けよ。さっきみたいに頬じゃなく、彼の唇を奪ってやるわ……！)

そっと目を開け、彼の唇を奪うべく顔を近付ける。そしてすぐに大きなため息を吐いた。

「……寝てるわね」

私が待ちきれず毎夜寝てしまっていたのは、それ以上に彼が夜遅くまで勉強していたからだ。

(まぁ、あまりにもクマがひどかったから、彼を寝させようとしたんだもの)

これが正解だったと納得し、穏やかな寝顔を眺める。

(この寝顔は私だけのものだわ)

そう思えば、少しいじけた気持ちも嬉しさに早変わりする。二人だけの特別な時間だ。

私は特別なこの時間に浸りながら、彼と手を繋いだまま瞳を閉じたのだった。

◇　◇　◇

――それはよく晴れたデート日和の午後。

城下町にある貴族御用達の服飾店で、出してもらった新作が全て男性用だと気付いたバルフが少し慌てて私に駆け寄ってくる。

「あのさ、もしかして今から選ぶのも……」

「えぇ。もちろんバルフのですわ！」

少し得意気にそう伝えると、すぐに表情を強張らせたバルフが勢いよく首を左右に振った。

「この間もたくさん買った！　もうこれ以上は持て余すから！」

そう断言すると、あっという間に出された服を抱えて針子も兼ねた店員さんに返してしまう。

少し残念に思ったものの、惚れた弱味というやつなのか、慌てたバルフも愛おしく感じて彼を止めずにただ眺めていた。

（次はどこに行こうかしら）

執務も積極的にこなす彼なら、仕事時にも使えるカフスボタンもいいかもしれない。シンプルなデザインなら普段使いも可能だし、お揃いの石のピアスを自分用に購入しても楽しいだろう。

「万年筆なんかも素敵ね」

きっと高価な物を選べば、少し眉尻を下げ困ったように微笑むバルフにまた会える。それも悪くないし、でも毎日使ってもらえるように質の良さに拘るのもいいかしら、なんて想像して思わず笑みが溢れた。そんな私の元へ戻ってきた彼が、そっと繊細に編まれたショールをふわりとかける。

「……え、え？」

「今日は少し、肌寒いから」

少し照れくさそうに伝えられたその言葉に、私の頬が一気に熱くなった。

ショールをかけた自身の姿を近くの鏡で確認する。

「可愛い」

私が思わずそう呟くと、じっとこちらを見るオリーブ色の瞳に気が付いた。

「こ、このショールが、ですからっ！　私の錆《さび》色の髪には似合わないかもしれませんが」

「え？　似合うよ。それにシエラの髪を錆色《さび》とか思ったことないけど」

「……へ？」

「綺麗なローズブロンドだ」

思わずぽかんとする。いつもこの錆色《さび》の髪が好きじゃなかった。ただでさえきつい顔立ちなのにこんなくすんだ錆色《さび》まで足すなんて、と神様をずっと恨めしくすら思っていた、のに。

「ローズブロンド……？」

「え、違うの？」

(違うの？　って、違うわよ)

商家である実家で彼は一体何を学んできたのか。

ここまで目が節穴なら、やはり彼は我がビスター公爵家に婿入りして大正解だったのだ。

「……ローズブロンド、ですわ」

「だよね」

屈託なく笑う彼の笑顔がどうしても見られなくて、私は頭からショールを被り、顔を隠す。

嬉しくて、恥ずかしくて、でもやっぱり嬉しくて。コンプレックスだったこの髪色をとても大切に感じる。——あぁ、私は何度彼に心を救われればいいのだろうか。

「……バルフ」

「？」

小さな声で名前を呼ぶと、きょとんとした彼がそっと私の口元に耳を近付ける。

そんな彼にだけ聞こえるように囁《ささや》いた。

「夜着も選んでくださる？」

「……ッ⁉」

「バルフに、脱がせてほしいから」

少し泣きたくなったのを誤魔化すように、茶化すように、そっと告げたのは私の本音。

そんな私の言葉を聞いたバルフの顔が一気に茹で上がった。

（今はまだ、揶揄《からか》うだけでやめてあげる）

私ばかりが惚れ直させられて悔しいから。

「さ！　次に行きますわよっ」

優雅なエスコートなんて今はいらない。彼の腕にしがみつくように絡み付くと、にっこにこな私に釣られたのか、彼からも笑みが溢れた。


そんな初デートから一ヶ月。

「……またこの季節なのね」

私は視線の先にある『狩猟会について』と大きく書かれた書類を手に取った。

（今年はバルフがいるから、参加自体はいいんだけれど……）

私は王太子の婚約者候補だったが、彼の好みとは違ったのだろう。エスコートもなければ、当然狩猟会で得た獲物をプレゼントしてもらえず、ただひとりで惨めに時間を潰すだけの日だった。

「男性が意中の女性に獲物を渡し、イチャイチャするのをただ見ているだけだったのよねぇ。公爵家の者としては休むわけにもいかないし」

いつもひとりポツンと座っていたことが脳裏に浮かび、無意識に遠い目になった。

（まぁ、その狩猟会がなければバルフを好きになることもなかったんだけど）

気を取り直した私は、その時のことを思い出してほわりと心が温かくなった。

「でもあの女もいるのよねぇ！」

はぁっと大きなため息を吐きながらバタンと机に突っ伏す。

（結婚してバルフも公爵家の一員になった以上、この国を支える大いなる貴族のひとりとして、公式行事には参加しなくちゃいけないってのはわかっているけど）

「キャサリン嬢に会ってほしくないわ」

ぽつりと溢した本音に、ずんっと心が沈む。

相変わらず彼の元婚約者は王太子とヨロシクやっているようだ。いっそ婚約でも結んでくれたらと願わずにはいられない。バルフはまだ好きなのかしら？　なんて考えてしまうのは、心どころか体すらまだ彼と繋がりを持てていないからだ。

「抱いてくれないのは、まだ彼女を想っているから？　それとも単純に王太子同様、バルフも私が好みじゃなくて、失敗した初夜の時みたく勃たないのかしら」

公爵家を継ぐのは兄だし、兄にはすでに息子がいる。私がもし子を持てなくとも家としては何も問題はない。それでも彼自身を家の力で無理やり手に入れてしまったからこそ、不安は強かった。

「せめて体だけでも求めてくれたなら、多少は安心できるのに」

溢すようにそう呟き、さっきよりも大きなため息を吐いた時だった。

「シエラ、いるかな？」

控えめなノックが響き、そしてノックよりも自分に響いた愛しい人の声に慌てて返事をすると、カチャリとドアを開けてバルフが入ってくる。

「その、いつも貰ってばかりだから、これ……」

どこか恥ずかしそうに差し出された小さな小箱を受け取る。そっと開けると、そこには彼の瞳の色に似たペリドットの石があしらわれた指輪が入っていた。

「これって」

「あー。その、執務のお給料が出たというか、まだ渡せてなかったから……えっと、受け取ってくれるかな」

「バルフもお揃いであるの？」

「うえ!?　あ、あー……、うん。その……結婚指輪だし」

じわじわと頬を赤らめるバルフの顔をしっかりと見ていたいのに、どうしてだろう。なぜか滲んでよく見えない。

「本当に嬉しい、一生この指輪は外さないわ」

「えっ!?　いや、流石《さすが》にそれはっ！　喜んでくれたのなら、すごく嬉しいけど」

(元婚約者が何よ。私が見なくちゃいけないのは彼女じゃなく、夫婦としてしっかり向き合おうと

してくれているバルフじゃない)

さっきまでの暗い感情が、霧を払ったように明るくなる。

精一杯大事にしようとしてくれる彼を、私こそ誰よりも大切にしなくてはと改めて心に誓った。

「あれ？　それって今度の狩猟会の？」

机に広げたままだった書類に気付いたのか、バルフが狩猟会のお知らせをそっと手に取る。

「毎年毎年飽きないわよね」

「はは、伝統を重んじている証だな」

軽口のような会話をしつつ、私の視線は彼の左手に注がれていた。

(てっきりバルフの指輪もペリドットかと思ったのだけど)

よく見ようと視線を向けたことに気付いたのか、ハッとしたバルフはやはりどこか恥ずかしそうに視線を逸らしながら、そっと指輪を反対の手で覆い隠してしまった。

(一瞬でよく見えなかったけど、私のとは違う石があしらわれているのね？)

結婚指輪として渡されたのだから、当然石もお揃いだと思っていた私は少し疑問に思う。

「バルフの指輪って」

「あー、あー……、嫌だった？」

「え？」

言われた意味がわからず、ぽかんとした私に観念したのか、彼はそっと覆っていた手を退けた。

見せてくれた彼の指輪には、私の瞳と同じ色であるブラウンダイヤモンドが嵌め込まれていた。

「……っ！」

その事実に気付いて一気に顔が熱くなる。彼が、自らの意思で私の色を選んでくれたのだ。

「嫌なわけないわ！　大好きよ！」

思わず目の前の彼に飛び付き、ぎゅうぎゅうと抱き締めると、少し戸惑いながら彼も背中に腕を回してくれる。痛いくらいに高鳴る胸を押し付けて、私はしばらく彼に抱きついていた。

「狩猟会、シエラのために頑張るよ」

(婚約者候補だった王太子は、ネズミすらくれなかったのに)

むしろ存在すら無視するように視線さえ合わせなかったアレクシス殿下。

この人でよかったと心から思いつつ、そのままバルフの胸に顔を押し付けてゆっくり目を閉じた。

「えぇ、楽しみにしてるわ」

(いつか心も体も欲しいけど)

それでも……こうやって互いのペースでゆっくり進めるのも悪くない。

触れた体に響く鼓動が、私のものだけではありませんように、とこっそり願ったのだった。


そしてあっという間に迎えた狩猟会当日。

各家ごとに簡易テントを張り、個人で狩りの準備をする男性陣に対し、女性陣は設置された大きなテーブルを皆で囲う。ガーデンパーティーのように、見ているだけでも楽しめるような可愛らしいお菓子が並べられ、社交場のひとつとしてお喋りに花を咲かせるのが通例だ。

「よく恥ずかし気もなく来られますわよねぇ」

クスクスと私を嘲笑う声が聞こえる。

何度も経験したこのやり取りに、「相変わらずね」と私は小さなため息と呆れた声を漏らした。

(なぜ悪意ある小声は、何よりもハッキリと聞こえるのかしら。誰か解明してほしいわ)

苛立ちを通り越して呆れてしまう。それでも今まで通り素知らぬ顔をして紅茶を口にする。

(まぁ、結婚の経緯が経緯なだけに仕方ないとは思うけど)

「皆さん、そんなこと言わないであげてくださいっ。私がアレクから愛されてしまったばかりに」

低俗で幼稚な、だが貴族らしいやり取り。

そんな彼女達の囁《ささや》き声に交ざり、一際甲高い声がその場に響く。

「キャサリン様が可愛らしいのは、キャサリン様のせいではございませんわっ」

「そうですわ!」

(キャサリン『様』ねぇ)

気分はすっかり王太子妃ね、なんてさらに呆れてしまう。

今までなら全て聞き流していたし、今回の話も私のことだけならば聞き流していたのだが。

「バルフ様も、もしかしたらキャサリン様に獲物をプレゼントされるかもしれませんわね」

「あら、そもそも獲物を仕留められるかすら、怪しいのでは?」

「そうよね、キャサリン様のためにさえ、毎年一羽の小さな兎しか狩れなかったですものね」

——その一言に、カチンとした。

（バルフは私にくれると約束してくれたし、それに彼が兎を一羽しか元婚約者へ捧げなかったのは、そもそもアンタが要らないと言っていつも笑い者にしたからじゃない！）

それでも婚約者だから、と必ず一羽はキャサリン嬢に捧げていた当時の彼の姿を思い出す。

カチャン、と鋭い音が響くようにカップを置くと、やはり公爵家というバックが怖いのか、その場にいた令嬢達が怯《ひる》んだように一瞬で口をつぐんだ。

「でしたら、今年は楽しみですわね。〝元〟婚約者相手には兎一羽が妥当だと思われていたようですが、妻である私には何を狩ってきてくれるのかしら？」

扇をバサリと広げ、クスッと笑いながら目元だけは細めるように睨むと、キャサリン嬢の顔がカアッと怒りで染まるのがわかる。

「……いやですわ、シエラ様ってば。それって、もしバルフが何も狩れなければ、シエラ様にはプレゼントする価値も愛もないことになってしまいますわよ？」

しかしすぐ持ち直したキャサリン嬢がそう言うと、取り巻き達も復活した。

「キャサリン様の言う通りですわ！　バルフ様が獲物に恵まれなかっただけだとしても、シエラ様を想われていないからなのでは、と勘繰ってしまいそう」

「それにもし狩れたとしても、獲物がとても小さければ、愛の大きさも計れてしまいますし」

「婚約者候補だった時も殿下から貰えなかったのですし、せめてネズミより大きい物をいただけるといいですわねぇ」

「バルフ様と違って今年の殿下も、キャサリン様に何を狩ってきてくださるか楽しみですわ」

蔑むような笑いを一斉に向けられるが、それでも私は怯《ひる》むことなく背筋を伸ばしたまま微笑んだ。

「そうね、本当に楽しみよ。兎より大きければ私がキャサリン嬢とは違って夫から愛されている証明ですし。ところでせっかく婚約解消されたのですから、早く殿下と婚約なされたらどうかしら？」

それは今までの腹いせも兼ねた、妻としてのプライドだった。

痛いところを突かれたせいか、まっ赤な顔をして押し黙るキャサリン嬢に少し胸がスッとする。

(ま、バルフにちょっかいかけられたくないから、婚約してほしいのも本当だしね)

私がフンと鼻を鳴らし、再び紅茶を口に含もうとした時だった。軽快なラッパ音が響き、誰かが獲物を狩って戻ってきたことを知らせる。そして戻ってくるのはもちろん――

「キャシー」

「アレクッ！」

狐を抱えた殿下がまっすぐにキャサリン嬢へ向かい、取り巻き令嬢達もきゃあきゃあと盛り上がった。

さっきまで押し黙っていたキャサリン嬢は最大の味方が登場したことで持ち直したのか、いつものように勝ち誇った微笑みを向けてくる。

「これを君に捧げるよ」

「嬉しい、アレクありがとうっ」

「流石《さすが》殿下だわ！　この速さでもう狩っただなんて！」

「これが純愛なのね」

ついこの間までほかの婚約者と婚約者候補がいたくせに、そんな純愛あってたまるか。

内心「それ、浮気だろ！」と毒づくが、男性が想いを寄せる女性に獲物を捧げるのは問題ないし、婚約者のいる男性がほかの女性に捧げるのも、体裁は悪いが違反ではない。

（それに当時の私は、あくまでも『候補』だったしね）

周りの取り巻きも含め、私の様子をチラチラ窺う視線に呆れつつ、いつもなら気にしてないとお菓子を食べてみたりさりげなく席を外したりしていたのだが、自身の薬指にはめられた結婚指輪をそっと撫でる。今日の私は一味も二味も違うのだ。

「まぁ、本当に素晴らしいですわ。兎より大きくて羨ましい」

ふふ、と微笑んで褒めてみた。

もちろん本気で褒めたわけではなく、『婚約すら結んでくれない相手より小物を捧げられていたなんて、今までバルフに本当に愛されていたの？』という嫌みである。

（キャサリン嬢は気付いたようね、可愛らしい顔が崩れちゃってるわよ）

わなわなと震えるキャサリン嬢を見て、取り巻きも『王太子から愛されているだけの男爵令嬢』と『公爵家』ならばどちらに付く方が家のためになるのか揺れはじめたのだろう。あんなにお喋りだったのに一言も発さない。

私の余裕な態度がよほど気に入らないのか、キャサリン嬢が何か言おうとしたその時。

「なんだ、そんなに俺に未練があるなら君が王太子妃になればいい」

そのあまりにも衝撃的な殿下の発言に、私もキャサリン嬢も取り巻きも、さらには偶然近くに居合わせた全員がただただ唖然とした。

「ワ、ワタクシハケッコンシテオリマス」

いまだアレクシス殿下の発言によるショックから抜け出せずにカタコトで返答するが、殿下は何をどう考えているのか平然と笑って口を開いた。

「もちろん俺の愛は全てキャシーのものではあるのだが、王太子という立場上、彼女とは身分が合わず困っていたんだ。公爵令嬢である君ならば問題はない」

（いやいやいや、問題しかありませんが⁉）

身分ね。どうりでなかなか婚約しないと思った！　と現実逃避をしてみてもこの殺伐とした空気が和らぐはずもない。周囲の温度が一気に下がったじゃないの、風邪ひきそう。

「ア、ア、アレクッ！　私はっ、私がいるのにっ」

「すまないキャシー、王族としてはこうするしかないんだ。もちろん、君を公妾として迎えることを約束しよう」

「こっ、公妾ですって⁉」

（こっ、公妾ですって⁉）

愕然としながらそう叫ぶキャサリン嬢と全く同じタイミングで、同じ言葉を内心叫ぶ。

（公妾ってあれよね、つまりは愛人よね？）

あまりの展開にぽかんと口を開けた私は、この超展開に付いていけず何も言えずにいた。

そしてこの展開に同じく置いてきぼりにされていた取り巻き令嬢達が、優勢は私だと思ったのかさっと近寄ってくる。

「やはり公爵家元ご令嬢でいらっしゃっただけあって気品がありますもの、マナーも完璧ですし、いつ王太子妃になっても安心ですわね」

「えぇ、えぇ！　やはり正妃となれば、お家も由緒正しくなくてはいけませんもの」

コロッと返された手のひらに悪寒が走る。

（怖ッ！　これなら今までみたく、見向きもされない女として距離を置かれていた方がマシだわ！）

相変わらず勘違い野郎なアレクシス殿下は、何も言えずに固まる私をどう見たのか感激で声も出ない、なんて思い込んでいる様子。

そんな混沌とした状況に完全に怯《ひる》んでいた私の耳に、再びあの軽快なラッパ音と慌てたような足音が聞こえてきた。

「シエラ！」

取り巻き令嬢の間を割り込むように飛び込んできたのは、もちろん愛しい彼だった。

「バルフッ！」

金縛りが解けたかのように、冷えきった心が熱を持つ。私は全てを放り出してバルフの胸に飛び付いた。彼の腕の中でやっとまともに呼吸ができた気がする。どうやら私は怖かったらしい。

そんな私の様子に気を悪くしたのか、アレクシス殿下が近付く気配を察した。

再び体が硬直して思わず両目を強く瞑る。

「シエラは私の妻ですが」

だが、私のそんな不安ごと庇うように腰を強く抱かれ、気付けば全身がバルフと密着するように抱き締められていた。

「彼女は私に未練があるようだが？」

さらりと告げられた言葉に肩がビクリと跳ねたが、そんな私を気遣うようにバルフが私にコツンと頭を傾ける。たったそれだけで、やはり私は泣きそうになった。

「こんなに怯《おび》えた妻が、本当に殿下に未練があるとでも？」

語尾を強めて挑発するような声色のバルフに、こんな時だというのに私の胸が高鳴った。

「なんだと？　子爵家程度の家でよくも」

「国民を誰よりも平等に大切にすべきと理解してこその王族だというのに、子爵家程度、とは残念です。それから忘れているようですが、私は彼女と結婚し、婿に入ったんですよ」

「それが？」

そして簡単にその挑発に乗った殿下は、続けられた言葉に一瞬で青ざめた。

「今回の件、〝我が公爵家〟から正式に抗議させていただきます」

単純な身分なら、もちろん王族であるアレクシス殿下が上だろう。

しかし、婚約者筆頭候補かつ公爵令嬢だった私を何年も無視し、すでに婚約者のいる男爵令嬢を公式行事にまで連れ回した。挙句、結婚した夫人に対して無礼に絡んだならば。

（しかもその公爵家からの抗議ともなれば、今回のことだけでなく当然、過去のアレコレも全て表沙汰になるわね）

それは王太子として絶対に避けたい醜聞だった。バカだとは思うがアホではなかったらしい殿下が、何も言わずしれっとその場を去る。その場に残されたのはもちろん彼の元婚約者。

「バルフゥ」

聞こえるか怪しいほどの声が甘えたように届き、ドキリとする。

私達は少しずつ愛を育めている。

育めているとしても――バルフとキャサリン嬢が過ごしてきた時間にどうやって勝てばいい？嫌だ。呼ばないで。彼は私のものよ。そう思うのに、まだ心も体も繋がれていない、誰よりも脅威に感じた彼女がバルフを見ているというだけで不安が込み上げる。

彼の腕がいまも私の腰に回されているのに苦しくて堪らない。

誰よりも可愛らしいその童顔が羨ましい。私とは違うくりくりとした大きな瞳が羨ましい。

幼い頃からともに育った婚約者同士というその関係が妬ましい――……

大好きなオリーブ色の瞳に映るのが私じゃない、それだけでもう彼の瞳を見ることが怖い。心臓が潰れてしまいそう。

「バ、ルフ」

「うん。どうしたの、シエラ」

「え？」

その数々の不安から喉が張り付き、上手く声にならなかったのにもかかわらず、すぐに耳元から彼の返事が聞こえて驚く。

(バルフはキャサリン嬢に目を奪われてるんじゃ)

怪訝に思った私が思わず顔を上げると、想像よりも近い距離に彼の顔があった。

「っ！」

予想外のその距離感に、私の顔が一気に熱を持つ。

「君に獲物を狩ってきたんだけど、貰ってくれるかな」

「獲物？」

熱くなった私に釣られたのか、彼も少し顔を赤らめる。彼がそっと指差した先にあったのは、銀の毛皮が美しい狼だった。

「これ……っ」

「あの時の約束が守れて嬉しいな」

自然と告げられた〝あの時の約束〟という言葉にドキッとする。

「あっ、えっとシエラは覚えていないかもしれないんだけど」

「お、覚えてるわ！」

「そ、そう？」

(というか、あれがキッカケで好きになったのよ)

「行き場を失った獲物を抱えていて可哀想だったから声をかけたのに」

「あ、そうだったんだ」

照れ隠しで少しツンとしながらそう口にすると、何も気にしていないようにバルフが笑った。

——毎年ある狩猟会で、王太子から見向きもされない女という陰口から逃げるように、さりげなく席を外し、ひとりで散歩していた時に目に飛び込んできた黒髪。

バルフ・ネイトという名の彼は、王太子が夢中になっている女の婚約者だった。お互いしか見えていないアレクシス殿下とキャサリン嬢。

『相手にされていない』という状況が自分と重なり、勝手に同情した私は、キャサリン嬢にいらないと笑われて行き場もなく抱えている兎を指差して声をかけたのだ。

『私がソレ、貰ってあげましょうか』

突然声をかけられて驚いたのか、優しげなオリーブ色の瞳がゆっくりと見開かれる。そして。

『いえ、結構です』

「バルフってば、即答で断るんだもの。私、ものすごく傷ついたんだから」

「えッ！　そ、それはごめん、でもあの兎は生きていたし」

ぽつりと呟かれたその一言に、私は思い出して吹き出した。

婚約者が望まないプレゼントを渡せはしない。それでも義務だから、と断られるのをわかっていてキャサリン嬢に渡した兎が、そもそもまさか生きているなんて誰が気付くだろうか。

「婚約者という立場上、渡さないわけにもいかないし。でもどうせ受け取ってもらえないとわかっているから、殺すのは可哀想だし」

「だからってバレたらどうするのよ」

「兎はほら、鳴かないし大人しい子だから大丈夫かなって」

「暴れる子は暴れるわよ」

「あの子は暴れないよ、実家にいる時はいつも俺のベッドで一緒に寝てたし」

しれっと告げられた新事実に唖然とする。

「え、まさか、あの兎」

「実は妹が大事にしてるペットだったんだ」

「ペットを獲物として差し出してたの⁉」

「断られる前提だったし。断られなくても、殿下の獲物より劣るから、って狩り直してくると言えばいいかなって」

（生きていただけでなく、そもそもあの兎も家族だった⁉）

想像よりも大胆な行動にくらりと目眩がし、そりゃ私も断られるわよね、と笑いがどんどん込み上げてきた。

「改めて、君のために狩ってきた獲物を捧げたい」

あの時の約束。

『これは君のために狩ってきた獲物じゃないから。いつか君のために狩ることが許された時、改めて貰っていただけますか？』

『そういうことならわかったわ。いつか絶対、よ』

きっとそれは、ずっと誰からも捧げられなかった令嬢への同情の言葉。それでも、誰からも見向きもされない私に与えられた〝約束〟は荒んだ心をいとも簡単に救い上げた。

「はい、喜んで」

彼の申し出に応える。跪《ひざまず》き見上げる彼に抱き付くように私も膝をつく。ドレスが汚れるなんて全く気にならなかった。彼の首に腕を回し、そっと顔を近付けるとオリーブ色の瞳が閉じられる。

(こ、これは初めての口付けのお許しが出たってことね?)

不本意ながら白い結婚になっていた私達の、初めての一歩に胸が震え……

「どういうことよっ！　兎が生きてた？　なのになんで狼は狩れるのよッ」

――鼓膜も震えた。

「……俺達の婚約は元々親が決めたものだったし、君も不本意そうだったから、最初から時期を見て婚約解消するつもりだったんだ」

「「えっ⁉」」

バルフの一言に私とキャサリン嬢の声が重なる。

(バルフも婚約破棄するつもりだったってこと?)

「でも俺から言うと君の未来に関わるし、それに近々アレクシス殿下から破棄するように命令がされると思って待っていたんだけど」

「じゃ、じゃあバルフは最初から私のこと好きじゃなかったの？　だから毎年兎だったの？　ていうか兎も本当にくれる気はなかったってこと⁉」

「もちろん結婚することになったら、幸せにする努力はするつもりだったけど。そもそも目の前であんなにいちゃつかれたら、流石《さすが》にちょっと」

（あ、それはすごくよくわかる）

ふっと遠い目をした彼。いちゃつく殿下とキャサリン嬢を思い出した私も同じ遠い目になった。

「な、なによ、バカにして！　そんな家柄だけの女の方がいいってことなの!?」

「な……っ！」

確かに家の力は大きい。大きいけれど、私が大きいのはそれだけじゃない。

「私はおっぱいも大きいわよっ！」

「ご、ごめん、シエラ、その発言は、えっと」

「え？　あ、あら」

思わず口から出たその一言に顔を赤くするバルフ。

そして自身の胸と私の胸を見比べてバルフよりまっ赤になって怒りを露《あらわ》にするキャサリン嬢。

「それから、その、シエラは家とお……、っぱいだけ……じゃ、ないから」

恥ずかしいのか一部声を潜めつつ、そう断言してくれたバルフはにこりと微笑んだ。

「こんな俺をいつも気遣って、全力で大切にしてくれようとしてさ。それに見てるとコロコロ変わる素直な表情が可愛いんだ」

「わ、私が？」

動揺する私をよそに、キャサリン嬢が喚《わめ》いた。

「じ、じゃあ狼は？　兎すら狩れていないのにどうやって狩ったっていうのよ！」

（いや、そもそもペットなんだから狩ったわけじゃないと思うけど）

「商家の息子として買い付けで他国へ行くこともあるし、野営することも多かったから。狩り自体はよくしていたんだよ」

「で、でも、でもでも……っ」

「これで、誰が愛されているか決定的になりましたわね」

まだまだすがりそうな気配を察し、彼とキャサリン嬢の間に立つ。

私のその一言に、先ほどしていた会話を思い出したのか、やっと彼女が黙ったところで私はさっとバルフの手を取った。

(もう無理やり拐《さら》う必要はないわね)

「貴族としての参加義務は果たしましたわ。帰りましょう?」

「そうだね、シエラ」

まだまだ狩猟会の途中だが、もう満足とばかりに会場を後にする。

殿下との一件もあったためか、誰からも途中退場を咎められなかったのは幸いだった。


「……と! いうわけで初夜リベンジですわよ!」

「え、えぇえ⁉」

公爵家に着くと同時に私がバルフをベッドに押し倒すと、驚いたのか彼のオリーブ色の瞳が真ん丸に見開かれる。

(約束をバルフも覚えていてくれたのが嬉しくて、思わず押し倒したはいいけれど)

可愛い、と言われたが好きとは言われてないと気付き、組み敷く体勢のまま次の行動に悩んだ。

ずっと想っていた相手から選ばれた、それだけでも奇跡に近いとわかっている。けど……

(結婚した義務感からだったらどうしよう)

『もちろん結婚することになったら幸せにする努力はするつもりだったけど』というキャサリン嬢に向けたその言葉は、絶妙に私にも刺さっていた。

「シエラ?」

戸惑う私を不思議に思ったのか、バルフがそっと私の頬を撫でてくれる。

「私はバルフが好き。だから、義務感とか……その、本当に嫌なら抵抗して。最初に言ったように、いつか絶対、振り向かせるつもりではいるから」

(だから、もしまだ私を好きじゃないなら)

愛を育み始めたという自信と、それでも無理やり結婚したという事実。

揺れる瞳を見られたくなくて両目をぎゅっと瞑る。

そんな私に聞こえたのは、「しない」というバルフの声だった。

「そ、うよね。やっぱりまだ……」

「抵抗なんて、しない」

「え?」

突然ぐるりと変わった体勢に驚いて目を開くと、いつも穏やかだったバルフの瞳に劣情が揺らめいていることに気付く。

「あ……っ」

そっと胸に這わされた彼の手のひらにビクリと肩が跳ねた。

「シエラこそ、本当にいい？」

「えぇ。名実ともに、私を貴方の妻にしてください」

そう伝えると、バルフの喉がこくりと上下し、私も釣られて唾を呑む。

私達はゆっくりと、そして初めての口付けを重ねた。

「……好きだよ、シエラ」

口付けの合間に囁《ささや》かれるその言葉が熱く胸を震わせ、私の視界を滲ませる。

「私も、私も好きなの、バルフが好き……！」

溢れるままにそう告げると、私の頬を伝う涙をそっと舐め取ったバルフの唇が首に、鎖骨にとゆっくり降りてきた。

「……っ、あぁ！」

コルセットを緩めたことでふるりとおっぱいがまろび出る。その感触を楽しむように、もにゅもにゅと揉まれたと思ったら、そのまま爪先で先端を引っ掻くように刺激された。

ずっと待っていたこの瞬間。愛する人に触れられるその喜びが私を包む。

「ひやっ！」

「ん、可愛い」

囁《ささや》くように言われ、熱い舌が胸へと吸い付いてきた。

強くなぞるように先端を舌で弾かれ、私の乳首が芯を持つ。そのまま指先と舌で同時に胸を刺激され続けて、あっという間に下腹部がじゅんっと熱を孕《はら》んだ。

無意識にもじもじと太股を擦り合わせてしまうその様子に気付いたのか、胸を揉んでいた片手がそっと太股の内側を撫でるように動く。

「――ふ、わっ」

緩めたドレスを全てバサリと脱がせたバルフは、自身もさっと上着を脱ぎ捨て覆いかぶさる。

「バル……ん」

言葉を遮るようにキスをされ、彼の舌が私の唇をなぞるように動いた。

促されるまま薄く唇を開くと、すかさず口内へバルフの舌が差し込まれる。そのまま私の舌を絡め取るように動かし、強く吸われた。激しい口付けがくちゅくちゅと音を響かし、私の羞恥を誘う。

「ん……、ぁ、ん……ッ」

口付けしながら右手では乳首を扱かれ、左手は徐々に太股から上がる。

するとすぐに、くちゅ、と重ねた唇からではない淫靡《いんび》な水音が聞こえた。

「よかった、ちゃんと濡れてるね」

「よ、よくないっ！　こんな、は、はしたない……っ」

「え？　なんで？」

触れられることを望んでいたのだから当然だったとはいえ、ここまであっさり滴る愛液はあまりにも恥ずかしい。しかしそんな私の心がわからないのか、バルフはきょとんと小首を傾げる。

「～～～っ、だ、だからその、欲求不満だってバレちゃうじゃない……」

「欲求ふ……っ⁉」

渋々告げた本音に、明らかに動揺したバルフ。

私が込み上げる羞恥から目を逸らすように赤い顔を背けると、彼の唇が耳元へ近付いた。

「逸らさないで」

「へ？　――……あっ」

少し甘く掠れた声が耳をぞわりと刺激し、耳たぶを甘噛みされる。耳の裏側から首筋に降りた彼の唇がぢゅっと強く私の首を吸うと、ピリッとした鋭い痛みが私の心を熱く震わせた。

「あ、や……っ、そこは見えっ」

「うーん、見せつけたい気もするし、俺だけのものにしたい気もする」

「⁉」

それは、優しい彼が見せる初めての独占欲。

「印なんかなくても、私の全てはバルフのものよ？」

「俺も、シエラのものだ」

誓うように掠めるような口付けをすると、その口付けに合わせて蜜口をなぞっていた彼の指がゆっくり私のナカへ挿った。

「あ、ぁあ……っ」

「すごい、シエラのナカ、めちゃくちゃ熱くうねってる」

「や、言わな、でぇ……っ」

ちゅくちゅくと部屋に響く音が煽るように聞こえ、深く内側の壁を擦るように指が抽挿される。

初めて感じるその異物感は、好きな人から与えられているという事実だけでゾクゾクと私の体に快感を誘った。ナカを擦る指が増え、より奥までかき混ぜる。

その度に私の口からは繰り返し何度も嬌声が零れ落ちた。

一体どれくらいの時間をそうやって解されていたのだろうか。

ちゅぽんと一気に指が引き抜かれたと思ったら、指よりも熱いバルフのソレがあてがわれる。

「よかった、勃ってる」

「なっ⁉」

思わず本音を呟くと、驚いたのか拗《す》ねたのか、彼の瞳が少し細められた。

「……余裕そうなら、遠慮はしない」

「え、ぁあっ」

ぐちゅ、とあてがわれた彼の猛りが、私の蜜口を何度も擦る。

その度に響く粘液質な音が思考を麻痺させ始めた頃、とうとう切っ先が蜜壺へと突き立てられた。

ぬぷりと愛液を溢れさせながら最大限私を気遣い、ゆっくりと挿入される。

「痛く、ない？」

「ん、わか……、わからな……っ」

はっはっと浅い呼吸をしながら返事をすると、一度止まったバルフがそっと私の頬を撫でた。

初めて男性を受け入れる私のソコは、当然痛みを伴う。

「バルフ、バルフ……っ、キスして……っ」

「ん、可愛い、けどあんま可愛いことばっか言わないで」

けれど、交わされる甘いやり取りに胸が震え、またしっかり解されていたためか痛みの中にもわずかながら別の感覚が燻《くすぶ》るように私を襲う。その感覚がゾクゾクと体を駆け巡り、異物感と圧迫感だけでなくて、繋がれる幸せと痛みの先の快感を私に確かに与えていた。

「——っ！」

かなりの時間をかけ、コツと最奥まで彼のモノが到達する頃には痛みよりも快感が上回っていた。

「……そろそろ、動いてもいい？」

しばらくじっと動かず、私が落ち着くのを待ってくれていたバルフにそう聞かれる。

私が迷わず頷くと、様子を窺いながら彼がゆっくり腰を動かしはじめた。

「ぁ、あっ、はぁん」

溢れる嬌声を止められず、必死に彼の体にしがみつく。

そんな私の様子すら愛おしいというように熱を孕《はら》んだ彼の瞳が、私から痛みも理性も全て奪った。

「や、やぁ……っ、気持ちい、きもち……の！」

「ん、ほんと？　いたく、ない？」

「わかんな、わかんないぃ……っ、でももっと、もっとほし……くてっ、ひゃぁあん！」

私の言葉を聞いていたバルフが、最後まで聞かずに思い切り腰を打ち付ける。ぱちゅんと奥まで貫かれ、また引き抜かれたと思ったら私の蜜をくぷりと溢すように奥まで突かれた。

「あ、はぁん、ぁ、あぁ……っ」

ズンズンと奥を何度も刺激され、絡み付くような水音が部屋に響く。

腰を揺すられる度、肌がぶつかる音に合わせて私の瞳の奥もパチパチと星が散った。

求め合い、貪《むさぼ》り合った私達は、互いの愛に飢えた獣のようだ。

「ん、そろそろっ」

「ぁん、きて、バルフ」

子宮口を抉じ開けるように深く貫かれ、ビュクリと彼のモノが私のナカで震えるのを感じる。

じわりと熱が広がり、彼の精が放たれたのがわかった。

そのまま彼が最後の一滴まで私のナカへ注ぐようにゆっくりと腰を動かすと、繰り返し抉られた膣壁が達したことで敏感になり、再び快感の海へと沈みそうになる。ガクガクと腰が震えているのは、彼から与えられた刺激で絶頂を促されたからで——

「愛してる、シエラ」

「私も」

重ねるだけの口付けを交わし、私は心地好い倦怠感に身を任せてそのまま目を閉じた。


「ん……」

ふと目を覚ます。カーテンから入る光の加減から、まだ明け方近くだと知った。

（服、しっかり着てるわ）

一瞬全て夢だったのではと不安になるが、確かに残る下腹部の異物感に安堵する。

思わずほっと息を吐くと、彼を起こしてしまったようだった。

「ん……、シエラ？」

「あ、ごめんなさい、バルフ。まだ寝てていい時間よ」

「んー……、体は、だいじょぶ？」

まだ寝惚けているのか、いつもより舌足らずな物言いが可愛く、つい頭を撫でてしまう。

相変わらず見た目に反して柔らかな髪が気持ちよく、その指通りを楽しんでいるとさっきまで寝惚けていたはずのバルフの腕が私の腰へと回された。

「ひ、ひゃぁあっ⁉」

そのまま引き摺り込まれるように、気付けば彼の腕の中にすっぽり抱き寄せられてぽかんとしながらベッドの中で彼を見上げる。

「余裕そうなら遠慮しないって言ったはずだけど？」

「え。バ、ルフ……は？」

ニッと笑った彼の瞳の奥が劣情を孕《はら》んでいると気付き、私はゴクリと唾を呑み込んだ。

初夜の時とは完全に形勢逆転しているが、それが何よりも嬉しい。

「か、かかってきなさぃ！」

「んー、なんか違う気がするけど、まぁいいか」

気合を入れて両腕を広げると、そのまま強く抱き締められる。

最初は掠めるように、次に唇で唇を軽く挟むように。

少しずつ深くなる口付けのその甘さに全てを委ね、私は再び目を閉じたのだった。

第二章　まだまだ私が奪います！　すれ違っても進んではじめる溺愛婚（欲望）

夜会で婚約解消された想い人に、逆プロポーズした私ことシエラ・ビスターと、そのプロポーズをされた側であるバルフ・ネイト子爵令息。

公爵家という圧倒的圧力で彼と結婚した私は、念願の、念、願、の！　リベンジ初夜からまさかの二回戦まで経験し、体だけでなく心も繋がれた多幸感に包まれ、夢心地で目を覚ました。

「……ん、んん……っ？」

カーテンから漏れる光が眩しく瞬きながらゆっくり体を起こすと、下腹部に鈍い痛みとまだバルフが入っているような圧迫感が残っていることに気付き、じわりと顔が熱くなる。

「夢じゃない、夢じゃないわ……っ！」

はぁっと吐息を溢しながら再びボスンとベッドに倒れ込んだ私はうっとりと窓の外を眺めた。

「こんなに幸せでいいのかしら」

すっかり昇った太陽がかなり大幅な寝坊を示しているが、正直今はどうでもいい。

（バルフは執務に行ったのね）

チラリと今朝方までそこに寝ていただろう場所を視界に入れると、「余裕そうなら遠慮はしない」と組み敷かれたことを思い出して身悶えた。

私の旦那様、格好よすぎる。世界中の皆様、どうぞご覧ください。私の旦那様です。

自身の奥で放たれた欲、純潔を散らした印《しるし》の赤い痕……は、綺麗なシーツと交換されていてもう残ってはいなかったが、つい数時間前には確かにソコにあったのだ。

「私、もう乙女じゃないのね。名実ともにバルフの、バルフのものなのね……っ！」

ぐふふと女性としてあまり美しくはない笑いが溢れるのも仕方がない。

そうさせるほど、夜の彼は激しく素晴らしかったのだから。

「……というか、このシーツを替えてくれたのも私の身を清めてくれたのもバルフよね？」

この時間になっても侍女が私を起こしにこないということは、〝そういう行為〟があったから寝かせておくようにとバルフが指示を出してくれていたのだろう。

「バルフだったら、この状態で放置することもほかの人にさせることもしなさそうだもの」

そしてそういう気遣いができる彼が、私の旦那様。

あぁ、これ以上の幸せがどこにあるのかと眩暈《めまい》がするほど私はただただ浮かれていた。

「はじめては痛いだけって聞いてたけど」

私が痛くないように、苦しくないように。少しでも快感が拾えるようにじっくり奥を突き、腰を掴んで揺さぶられた。大切にされるとはこうだと体に教え込むように大事に抱かれた。全く痛くなかったわけじゃない。それでもその先の快感を彼とともに感じられたのだ。

それだけで私はもう堪らなくて……

(バルフに会いたいわ)

唐突にムクリと起き上がった私は、ほわほわとした温かい気持ちに促されるようにいそいそと彼がいるだろう兄の執務室へ向かった……の、だが。

「あら？　いないわね」

「シエラ？」

「お兄様、バルフは？」

「あぁ、今父上のサインを貰いに行ってもらっているよ」

「そうなの」

彼がいなかったことを残念に思う反面、少しだけ気になっていたあることを思い出す。

『私は』はじめてだった。じゃあ、バルフは？

(はじめてであんなに気持ちよさを引き出せるものなの？)

心も体も繋がり、ただただ脅威に思っていた彼の元婚約者に対する劣等感は消えたものの、嫉妬しないとは限らない。

「聞きたいことがあるの」

「なんだい、シエラ」

「お義姉様とのえっちってどんなの？　お義姉様は積極的？　どうすればもっと相手を夢中にさせ

られるの？」

「ごふっ」

想定外の質問だったのか、私の言葉に耳を傾けようと書類を端に動かしていたお兄様が思い切り咳き込み、書類が落ちる。

「ええっと、その、どうしたんだ？」

「エリウス様、頼まれていた書類を……」

「実はバルフとの夜で気になることがあって」

「「え？」」

タイミングがいいのか悪いのか。

会いたかった彼が執務室に入室し、耳に飛び込んできたであろう私の言葉にギクッと固まる。

「シエラ、その話……」

固まってしまった彼と私をゆっくり交互に見たお兄様は――

「詳しく聞こうか！」

「はい、お兄様っ！」

ニカッと笑ったお兄様に釣られ私からも思わず笑みが溢れた。

そんな私達に大慌てのバルフが、ドアを閉めることも忘れてパタパタと駆け寄ってくる。

「ちょ、待って待って待ってください、エリウス様⁉　シエラも何の話をしようとしてる⁉」

「それはもちろん夜のいとな……」

「ごめん、聞いた俺が悪かったからちょっとだけ、ちょっとだけ話すのをやめようか⁉」

話すのをやめようか、なんて言いながら私の口を手のひらで覆ったバルフは、後退るようにゆっくりとドアへ向かった。

(バ、バルフの手のひらが私の唇に……っ)

唇を塞がれている。たったそれだけのことなのに、昨日初めて重ねた口付けを連想して私の頬がじわりと熱を持った。キスも初めてだった私は、彼の唇と重なり貪《むさぼ》るように交わすことで心地よい息苦しさをもう知っている。

「えっと、シエラ?」

「……あ、えっ⁉」

一瞬昨晩に飛んでしまった意識が、バルフの声で戻ってくる。

執務室から少し離れた廊下は人通りが少なくわりと広々としているのだが、話題が話題だったためか軽くかがみながら顔を近付けたバルフが小声で問いかけた。

「えっと、体は大丈夫? 昨日は遅くまで無理させちゃったし、しんどくはないかな」

私の相談しようとした内容が気になっているはずなのに、それでも最優先で私を気遣ってくれる。好き。そんなバルフの優しさに胸が高鳴り、そしてそれ以上に彼との近さに慄《おのの》いた。

(ち、ち、近いわ! ものすごく近いわ⁉ どうしましょう、なんでこんなに心臓が痛いの⁉ 鼓動ではち切れるのを通り越して私のおっぱい爆発するんじゃないかしら!)

目の前に迫ったバルフの口は昨日私の唇と重なったたし、その舌は私の舌を絡め取るようにちゅくちゅくと卑猥な音を溢しながら求め合った。さりげなく腰を支えるように回された彼の手のひらは、昨日私の体を隅々まで確かめるように這わされ、唯一の自慢であるおっぱいも揉みしだかれた。それらは全て昨日の記憶だ。

「……エラ、聞いてる？　部屋まで送ろうか？」

「っ！」

心配そうにバルフが私の顔を覗き込むように近付く。

ちらちらと見ていた唇が目の前に迫って、さらに私の脳は昨晩の営みを連想してしまう。

（この唇に、昨日私のおっぱいが吸われ……ッ）

「だっ、だめぇぇ！」

「ちょ、シエ……ッ!?」

これ以上は本当に爆発するかもしれない。近寄った彼をドンッと押し退け、心臓が暴れているのか私が暴れているのかわからないまま、混乱して廊下を駆け抜けた。

（どうしてかしら!?　バルフが、バルフが昨日より絶対絶対格好いいわ……っ！）

しばらく廊下を走り、ハァハァと息を切らした。どこに向ければいいかわからないこの高鳴りをカーテンにくるまるという奇行でなんとか耐える。

「シエラ、何をしてるんだ」

するとかなり呆れた声が聞こえ、慌ててニュッと顔を出した。

「お父様！」

「とりあえずカーテンから出なさい、はしたないから」

率直な感想にハッとした私は慌てて飛び出て、身なりを整える。

(嬉しさのあまり自分を見失っていたわ。私が今気にすべきは昨日ではなくこれからの行為。私がじゃない、バルフを私にもっとメロメロにしてずっとずーっと愛されたいの！　それに……バルフもちゃんと気持ちよかったかどうかは、わからないし)

はじめての私に合わせ、私の快感を引き出せるなら彼には相当余裕があったはず。

過去の経験は覆せないし、彼が誰かと比べたりするような人じゃないとわかっていても、これからは私だけに夢中になってほしい。

「……お父様、お父様はお母様の体にだけ夢中ですか？」

「ごふっ」

(流石《さすが》親子、お兄様と反応がそっくりね)

なんて考えつつ、気になっていたことの続きを聞こうと私はさらに口を開いて――……

「申し訳ございません、公爵様！　今すぐシエラをお借りしてもよろしいでしょうか!?」

私と父の間に体を滑り込ませるようにしてまっ青になったバルフが飛び込んできた。

目の前に広がった背中に、服の上からだとわからなかった彼のしなやかな筋肉を思い出し、私の頬がまたじわじわと熱くなる。

「んんっ、ゴホン。えーっと、バルフくん。まさかとは思うが君、シエラ以外に夢中になっている体がある……なんて言わないだろうね？」

「はいっ⁉」

「いやほら、娘が気になることをだね」

「そんなことありえませんので っ！　というかシエラはなんでそんなことを」

思わず涎を垂らしそうになりつつゴクリと喉が鳴った時、バルフの背中がくるりと動いて眼前いっぱいに彼の胸板が広がった。

(昨日じわりと汗ばんだこの胸が私のおっぱいと密着して……っ)

「い、いやぁぁあっ！」

「うえっ⁉　シ、シエ……ッ」

再びドンッと彼を押し退けた私は、火照《ほて》るどころではなくなった顔を見せないようにバルフを残し、その場から自室へ逃げ帰った。

「あぁ、メロメロにしたいのにっ、バルフが、バルフが格好よすぎる！」

元々好きだったのも自分。押し掛けて拐《さら》ったのも自分。

好きを測れるならば、きっとこの大陸だけでは大きさが足りない。そのくらいの想いが恥ずかしい。だが同時にその想いを受け入れてくれた事実が堪らなく嬉しく、くすぐったかった。

――だからこそ、バルフにももっともっと夢中になってほしい。

悶えるようにクッションに顔を押し付けていたが、おもむろにムクリと起き上がる。そしてサイドテーブルに置いてあるベルをチリンと鳴らした。

「お呼びでしょうか、シエラ様」

「手紙を書くから用意を」

「はい」

すぐに私の専属侍女であるベラが手渡してくれたペンを握り、ある令嬢宛てに訪問したい旨を記載した手紙を書き上げる。

（……なんだかんだで私、誰かに手紙を書くなんて初めてね？）

王太子の婚約者候補であるが故に疎遠だった令息達。その王太子から冷遇されていたせいで令嬢達からも距離を置かれ嗤《わら》われていた。友達どころか、知り合いと呼べる相手すらいなかった私が、まさか手紙を書くなんてと思うとなんだか少し感慨深い。

（とは言っても、友達ってわけではないのだけれど）

ふむ、と封蝋をした手紙を眺め、その手紙を持ったまま立ち上がった。

「お預かりいたします」

書いた手紙を受け取ろうとしてくれたベラを私はそっと手で制す。

「いいわ、これは私が直接渡すから馬車をお願い」

「え？　で、ですが」

「いいのよ、無礼には無礼で返すのが私の流儀だもの」

事前アポの意味を全く成さない、今から訪問する旨が書かれた手紙を持ち、私は颯爽と馬車に乗ってとある令嬢……いや、とある無礼な令嬢の元へ向かったのだった。

もちろんこれは相手が相手だからこそで、一般的にマナー違反だということは重々承知している。

（ま、でも訪問先はここだし、いいでしょ）

到着した先で慌てて出てきた彼女に、フフンと鼻を鳴らす。そして目の前でまっ赤になって震える令嬢に向かって手紙を差し出した。

「訪問の手紙よ！　許可いただけるわよね？」

「ほんっとありえないんですけど、この女ァッ！　だからアレクに見向きもされなかったのよ！」

キャンキャン騒ぐのはもちろんバルフの元婚約者であり狩猟会で恋人のアレクシス殿下に「公妾として迎えよう」なんて言われたキャサリン・カーラ男爵令嬢である。

「で、なんでわざわざ私のところに来るわけぇ？」

かなり不本意そうに、しかし公爵家の家紋が入った馬車を見てわざとらしいほど大きなため息を吐いたキャサリン嬢が渋々客室に案内してくれた。

専属の侍女がいないのか、直接彼女が淹れてくれた紅茶を訝《いぶか》しみながら香りを確認する。

「本当に失礼よね！　毒味がてら私が先に飲みましょうかぁ!?」

「あらいやだわ、毒だなんて。ただこんなに香りが薄い紅茶があるのねと不思議に思っただけよ」

「はぁ！　これだからっ！　これだから金持ちって嫌いなのよね！　鼻もちならないわ！　てゆーか、あんたが嫌いだっつーの！」

「というか貴女、公爵家相手に、よくそんなふてぶてしい態度を取れるわね？」

「あーら、私は未来の王太子妃よ？　態度が大きいのはそちらではなくて？」

「まーあ、まだ諦めておりませんでしたの？」

んぐぐ、とお互い睨み合い——

「……見向きもされなかったくせに！」

「……バルフには愛されておりますが!?」

なんだか段々おかしくなってきてしまう。

「言っとくけど、バルフはそんなに魅力的な男じゃないからね？　確かに狼狩ってきた時は不覚にもきゅんとしたけど、よく思い返せば狼を狩ってきたバルフではなく、狼を狩ってきた『公爵家に婿入りしたバルフ』にきゅんとしたって気付いちゃったし」

「殿下も全く魅力的じゃないわよ。不誠実の塊だもの」

言いながらプッと吹き出すと、キャサリン嬢もプッと吹き出した。

「……で？　なんか用があったんじゃないの」

ため息混じりに頬杖をついたキャサリン嬢にそう聞かれ、ドキッとする。

(聞きたい、こと)

それはもちろんひとつしかない。そう、あのことだ。

「ば、バルフとの夜……のこと、ですわ」

「夜ぅ？」

「そ、そうよっ！　お恥ずかしながら私はバルフしか経験しておりませんので!?　作法は学んでいても実際のところ、その、私ばかり気持ちよかった……気が、して……」

彼女から語られるバルフのはじめてなんて聞きたくなんかないけれど、それでもこの先彼の相手をするのは私だけだから。

(王太子もメロメロにしたテク、教えてもらうわよっ！)

キッと睨むように彼女を見る。

キャサリン嬢は決意を固めた私を見て先ほどとは違いスッと姿勢を正し、真剣な顔で口を開いた。

「バッッッカじゃないのぉ？」

しかも、これ以上ないくらいに呆れた表情をし、「アホらし」と私の口に無理やりクッキーを詰め込んでくる。

「んっ！　んんんっ⁉」

「あー、ちょっと緊張して損した。何これ私、バカにされてんのぉ？　とか思ったけど、なんか真剣そうだから、真面目に答えてあげるわ」

「……っ！」

慌ててモグモグとクッキーを咀嚼して飲み込み、彼女の言葉を待つ。

そんな私に告げられたのは――

「し、ら、なぁ～っ、い！」

「……なっ！」

夜会で何度も向けられた嫌らしい笑顔に苛立つが、そんな私にはお構いなしのキャサリン嬢。

「だってしてないもの」

「え？」

「だからぁ、いたしてないって言ってんの！　するわけないでしょお？　ちなみにアレクともしてないわよ」

そんな彼女の言葉がぐわんぐわんと脳内を回る。

「いたさないであんなに手玉に取れるものなの⁉」

「あんたと私は違うのよ」

「胸のサイズが？」

「本当に失礼！　あんたは失礼の塊よッ」

ゼェゼェと息を切らしながら怒鳴るキャサリン嬢を眺めつつ、私はただただ呆然とした。

(彼女とバルフはいたしてない？)

「あいつ淡白そうだし、女を買う度胸もなさそうだから、どー考えてもあんたがはじめてでしょ」

「バ、バルフのはじめてが、私⁉　や、やだ、胸がっ！　胸が苦しいわ、医師を呼んで！」

「いらんいらん！」

「で、でもっ、昨日の彼はすごく余裕があって格好よくて、私は今日、目も合わせられなくって！」

「あ、そういう情報いらないから。てか、あんたに余裕がなさすぎてそう見えただけじゃない？てゆーか、あんな地味男のどこがそんなにいいのか、純粋にわからないわぁ」

ポイッとクッキーを口に含み、全く興味なさそうなキャサリン嬢にそう聞かれ、バルフのいいところを思い浮かべる。

「そうね、やっぱり商いも担っていたから、お金の流れを読むのも上手くてお兄様はいつも誉めているわ。バルくん、なんて呼んでもなかなか返してくれないのが不満なのだけれど」

「……え、何あいつ、小公爵様にも好かれてんの？　ますます意味わかんないんだけどぉ？　公爵家を惑わす変な蜜でも出してんの？　そんで公爵家ってカブトムシかなんかなわけ？」

心底理解できないと言わんばかりのキャサリン嬢の物言いに、失礼なことを言われているとわかっていながらなんだか少し嬉しい。

（バルフのはじめてが私だって事実のおかげかしら？　それとも、こうやって誰かと思い切り本音を話すのが初めてだからかしら）

あんなに嫌いだった彼女をちょっと好きになりつつある自分に少し驚いた。

「今度、私の家にも招待するわ」

「お兄様がいらっしゃる時にお願いするわ！」

「既婚よ」

「子供は？」

「四歳」

チッと舌打ちをする彼女に、呆れを通り越して少し感動すら覚える。

「というか、貴女にはアレクシス殿下がいるじゃない」

「あら、私が狙うは正妃のみよ。公妾なんて言われてるうちは、アレクなんてキープよ、キープ！」

「キ、キープ……!?」

（この国の王太子を捕まえてキープ！）

キャサリン嬢の言いようにぽかんと口が開いた。

「み、未来の王太子妃なんじゃなかったの？」

「そうよ。でもこの国の、なんて一言も言ってないんだから」

「えっ！」

「今度の夜会、他国の王太子も来るらしいしねっ」

フフッと微笑む彼女はやはり可愛く、そしてこの野心と行動力があるならば、いつか本当にその座を掴みそうだと無意識に身震いする。

（でも、他国の王太子を狙うとしたらエスコートはどうするのかしら？）

それは本当にちょっとした疑問だった。

「アレクと行くに決まってるじゃない」

私のその疑問に、至極当然のような彼女の返答に愕然とする。

まさか他国の王太子を狙うのにエスコートは殿下と、だなんて想像もしなかった。

「殿下と行くの!?　キープなのに」

「本当にバカね、男爵令嬢である私が他国の王太子に声なんてかけられないでしょ。でもアレクのパートナーとしてなら、いくらでも話しかけられるのよ」

な、なるほど。確かにそれは一理ある、が。

「流石《さすが》にちょっと殿下が不憫ね……」

「どこが？　公妾なんて堂々と言ってくる相手よ。もちろん私を正妃に、って言うなら再考するけど、あんなの踏み台よ」

「私、貴女がバルフと婚約破棄してくれて、心底ありがたく思うわ」

キャサリン嬢とそんな会話をある意味楽しみつつ帰宅すると、いつもはまだ仕事中のバルフが部屋で待っていてくれた。

「シエラ、お帰り」

「バ、バルフ!?」

バルフは私が部屋へ戻ったと気付き、すぐに読んでいた本を閉じて私の元に駆け寄ってくる。

「食事はどうする？　何か食べたいものはあるかな」

「食べたいもの？」

バルフの言葉を繰り返しつつ、キャサリン嬢に言われた言葉を反芻する。

『どー考えてもあんたがはじめて』

私のはじめてがバルフで、バルフのはじめても私。

バルフに愛されているのも抱いたのも、これから先抱かれるのも、全部全部私だけ。

「今日は部屋で食べようか」

「部屋で、食べる……!?」

「え？　その方がゆっくりできるかと思ったんだけど」

「部屋で！　食べるっ！」

(な、何を食べるのかしら⁉　この私達の部屋で！　も、もしかして私だったりするのでは⁉)

冷静に考えればそんなハズはないだろう。

でも私達は新婚で、そして昨日はじめてを終えたばかり。

(バルフもはじめてだったのなら、きっとその快感に溺れているはずよ)

今朝はドキドキして顔すら見られなかった。それでもキャサリン嬢と話し、二人ともお互いがはじめてだと知った今ならば。

(昨日は私ばかり翻弄されたかもしれないけど、お互いはじめてだったなら私にもまだ伸び代があるはずよ！　食べるのは私、食べられるのがバルフ。そんな未来が見えるわ！)

ゴクリと唾を呑み込んだ私は、パッとバルフの顔を見上げる。じっと見つめればすぐまた顔が熱くなってしまうのは明白だったので、そっと目を閉じて彼の唇めがけ、顔を近付けた。

「…………？」

身長差から口付けを交わすにはバルフからも顔を近付けてもらわないとならない。そして私がバルフと口付けをしようとしているということは当然バルフも気付いているはず。

「ば、るふ？」

いつまで待っても降ってこない唇に、そっと片目を開けて窺うと微笑んだまま私を見ているバルフと目が合った。

「どうかしたの、シエラ」

「え？　えぇっと、その」

（口付けてはくれないのかしら）

今はお預けで夜に盛り上がりたいということよね？　なんてその場はそう納得したものの、にこりと微笑みを向けるバルフに違和感が拭えない。ずっとふわふわと浮かれていたせいか、その小さな違和感が棘のように私の心へチクリと刺さった。

バルフの指示で部屋に運ばれた食事は私の好きなものばかりで、さっきの痛みは勘違いだったのかとすら思うものの――

「……え？　バ、バルフ、行っちゃうの？」

「シエラは疲れているだろ？　ゆっくり寝てほしいし、それに俺も少し仕事を残しているから」

「そうなの」

いつもより早い時間から部屋で待っていたなら、仕事を残しているのも嘘ではないかもしれない。それでも、当然今日もあると思っていた営みをお預けされたようでなんだか少し寂しかった。

（せめて口付けたいわ）

そっと私の頭を撫でて部屋を出ようとしたバルフの服の裾を、無意識に掴んでしまう。

「シエラ？」

「え？　……あ、ご、ごめんなさい！　引き留めるつもりじゃなくて……でも、ん！」

掴んでしまったのなら、と意を決した私は今日一度躱《かわ》された口付けをせがむべく、再度目を閉じて彼に向かって顔を近付ける、が。

「……行ってくるね」

しかし唇はやはり降ってこず、ぽつりとその言葉だけが耳に届いたことにガッカリした。そのことについ、しょんぼりと俯く。すると、ちゅ、とおでこに口付けが降ってきた。

「！」

「今は、これで」

「わ、わかったわ！　いってらっしゃい！」

（口付けてくれたわ！　おでこだけど！　おでこだけどっ！）

狙っていた場所じゃなかったことはやはり残念だったものの、嫌がられてしまったわけじゃないのだと安堵する。

（そうよね、だって私達は想い合っているんだもの！　不安になんてなる必要はないわよね！）

すっかり機嫌が直った私は、お気に入りの本を手にいそいそとベッドに潜った。

「……早く帰ってこないかな」

今仕事に戻ったばかりだというのにもう会いたくてうずうずする。

「〝今は〟ってことは、帰ってきたらどれだけすごい口付けをされちゃうのかしら！」

私は昨晩の彼との営みを思い出しつつ、彼が戻ってくるのをちゃんと起きて待つために本を開き――戻ってこなかったことに激しく落胆していた。

（な、なんで？　なんでなんで？　なんで戻ってこないのよ⁉）

そんなに仕事が忙しいのかとこっそり様子を見に行ってもいつも通り。避けられているのかとも思ったが、食事はともにしているし、彼の気遣いや態度から大切にされてもいる。それなのに――

「夜だけ帰ってこない」

兄の補佐として彼に用意された執務室で寝泊まりしているらしいバルフは、初夜の次の日にしてくれたおでこへのキスを最後に、一切触れてこなくなった。

「私のおっぱい、もしかして垂れてる？」

不安になって鏡で確認してみるが、やはり私のおっぱいは最高だと言わざるを得ないし、おっぱいが原因じゃないなら考えられることはひとつ。

「私じゃ、満足できなかったんだわ」

確かに初夜の時はバルフに翻弄されるばかりで何もできなかった。

「でもはじめてだったんだから仕方ないじゃない！　伸び代よ、伸び代！」

（……けどバルフもはじめてだったんだから、やっぱり私が物足りないのかも）

纏《まと》まらない思考がぐるぐると巡り、相変わらず優しいのに、いや優しいからこそ寝所をともにしてくれず、とても悲しい。

「私にはこんなことしかできないの？」

じわりと滲みそうになる涙をグッと堪え、侍女に集めさせたロマンス小説を読み漁り、イメトレを繰り返す。

（次の機会は絶対私が主導権を握るし、絶対絶対満足させてみせるから）

だから。

「早く帰ってきてよ、バルフゥ……」

広いベッドにひとり、私はいつ彼が戻ってきてもいいように隅に寄って眠りに落ちた。

そんな生活が二ヶ月続き、キャサリン嬢がアレクシス殿下にエスコートされつつ、他国の王太子に粉をかけると意気込んでいた夜会の日がやってきた。


「とてもお美しいですわ、シエラ様」

「ありがとう」

深いグリーンのドレスにオリーブ色のレースを合わせた私。

「わ、本当に綺麗だね、シエラ」

深いグリーンのコートにローズカラーのタイを合わせたバルフ。

夫婦だからペアの衣装は当たり前なのだが、婚約式もすっ飛ばして結婚したため、こうしてお揃いで夜会に出るのは初めてだ。

「こんなに綺麗だと心配だから、俺から離れないでね？」

「も、もうっ！　バルフだってその、すごく……格好いいわ」

「え、ほんと？　服に着られてない？　むしろ服が主役すぎて俺が見えていないとかないかな」

(よかった、ちゃんとエスコートしてくれるのね)

夜以外はいつも通りなので心配していたつもりはなかった。けれど長年ひとりだったせいか気付かないうちにどうやら彼が本当に一緒に来てくれるのか不安だったらしく、私は心底安堵していた。

それに私はただひとりぼっちで何もせず待っていたわけではない。

(今日は執務もお休みになるから、今晩こそ必ず抱くわ。この夜会の後が勝負よ!)

いろんな本を読み漁り、さまざまなイメトレを繰り返して成長した私は、彼をもう寝室から出すものかとかなり意気込みつつ、夜会に向かう馬車へ乗り込んだ。


王城に着き、公爵家の者として会場へ入る。馬車から降りる時に差し出された手を取り、そのまま自身の手を重ねる形で扉まで進んだ。

(デビュタントの時はお兄様がエスコートしてくれたのよね)

当時父は王都を兄に任せ、静養を兼ねた母と地方の領地を治めていたのであまりこちらには帰ってこられず、私のデビュタントが終わったすぐ後に兄は結婚した。その頃にはすっかりアレクシス殿下はキャサリン嬢に夢中だったので、当然エスコートなどしてくれない。

(エスコートされるの、何年ぶりになるのかしら)

だから私は『好きな人』のエスコートで会場入りするという事実に少しそわそわとしていた。

「ビスター公爵家、シエラ・ビスター様、バルフ・ビスター様!」

名前を呼ばれ扉が開く。

ひとりで見ていた扉の向こうの世界は、彼が隣にいるだけでとても輝いて見える。

「シエラ、行こう」

「えぇ!」

彼の手に引かれるがまま身を任せ、会場入りした私達のすぐ後に、アレクシス殿下とキャサリン嬢も入ってきた。参加者が揃ったのか、すぐにバイオリンの音色が城内に響きはじめる。

(ダンスの時間だわ)

この国ではファーストダンスを必ずパートナーと踊らなくてはならない。今まではひとりだったせいで、デビュタント以降踊っていなかった私だが、今回は違う。だってバルフがいるのだ。

(もう壁の花にならなくていいのね)

浮かれる気持ちを抑えられず、わくわくと彼を見上げると、優しく微笑んでくれたバルフがそっと屈み、恭しく手を差し出してくれた。

「貴女と踊る栄光をいただけますか?」

「はい、喜んで!」

最近のすれ違いなんてまるでなかったかのように、胸がじわりと熱くなる。

そのまま彼の手を取り、数年振りになるダンスをするべくホールへ進んだ私達。

そしてバルフの腕が私の腰に――

(――腰に回らない、わね?)

ダンスってこうだったかしら? と思わずキョトンとしてしまう。

(イメージではもっとこう、密着したりくるくるしたり、二人でキャッキャしたりするハズだったんだけど)

見た目としては私の腰を支えるようバルフは腕を回してはいるが、支えるどころか添えるだけ。それもかなり気を遣って触れすぎないようにしているのか手のひらの感触なんて全くない。くるりと踊りながら周りを窺うが、やはり私達のように隙間を空けて踊っている人達はいないようである。

「……？」

チラリとバルフの表情を盗み見るが、相変わらず彼は微笑みを貼り付けたままだった。

（うきうきしていたのも、楽しみにしていたのも私だけなのかしら）

その表情が微笑みだったとしても、変わらないなら心が動いていないのでは？　そう思うと途端に胸がズンッと重くなる。

（バルフは、もしかしたら私の）

「わ、わた、私の……っ、私のおっぱいじゃ満足できなかったって言うのぉぉお!?」

「ごふっ！」

「私にもバルフを抱かせなさいよぉ！　次は絶対絶対満足させてみせるからぁ！」

「ま、待って!?　俺をナニで抱く気なの!?　というか、想像の百倍先に進もうとするのはやめよう、シエラ!?」

じわりと熱くなった瞳からぽろぽろ涙が溢れ出した私は、ここがホールのまん中で、今ダンスの途中だなんて忘れてまるで子供のように泣き出してしまう。

「呆れ、ないで……っ、嫌いに、ならないでぇ……っ」

公爵家の面目なんて全て潰し、一緒にいる彼にまで恥をかかせてしまっている。

はしたない、と怒鳴られてもおかしくない状況だけれど、それでも堪えていたものが決壊してしまった私の涙はなかなか止まらない。

（このままじゃもっと嫌われちゃう、そんなの嫌なのに、バルフの前では可愛くいたいのに……！）

焦れば焦るほど止まらない私の涙を温かいものがそっと掬《すく》う。そのままさらにちゅ、と目元を吸われ、その温かいものが彼の舌だと一拍遅れて気が付いた。

「バルフ……？」

「嫌いになんてならないよ。俺はシエラが何よりも大事なんだから」

何よりも、という言葉がスルリと入り、凍った心が溶けるように解される。

でも、だからこその疑問もあった。

「じゃあなんで私のこと避けてたの？」

「そ、れは」

私の質問にどこか気まずそうに視線を逸らしたバルフは、小さくため息を溢しながら苦笑した。

「シエラの心が追い付くまで待つつもりだったから、だよ」

「私の、心？」

「その、し、初夜の後、シエラはすごく戸惑っているように見えたから」

気恥ずかしいのか少し小声でそう告げられ、そしてやっと気が付いた。最初に避けてしまったのは、私の方だということに。

「違うわ！　嫌だったとかじゃないの、幸せすぎて恥ずかしかっただけで！　私ばっかり、好きが増えていくみたいで」

「うん、わかってるよ。だからこそ、シエラの気持ちが落ち着くまで待とうと思ったんだ」

わかってる、と言ってくれたバルフの手のひらがそっと私の頬に添えられる。

「シエラのことが好きだから」

ふわりと降るように告げられたその言葉は、私がずっと求めていた言葉。そして私の唇に降るのも、私がずっと求めていた彼の唇——

「い、い、か、げ、ん、に、し、ろっ!!」

——ではなく、レースのハンカチだった。

投げてきたのはもちろん彼の元婚約者で、野心の塊でもあるキャサリン嬢である。

「場所をわきまえなさい、バカップル！」

「まぁ！　私達は夫婦よ！」

「このバカ夫婦！」

投げつけられたハンカチを見て訝しむ。私は首を傾げてキャサリン嬢へと向き直った。

「決闘の申し込みならグローブよ」

「あんたの泣き顔が見苦しいから貸してやったのよ！」

私が泣いてしまったから貸してくれたという事実に愕然とした。同時に彼女が男性のいる場では決して出さなかった素の顔できゃんきゃん騒いでいると気付く。

「大変だわ、猫を被り直しなさい。素の貴女が漏れ出ているわよ」

「ギャップよ、ギャップ！　可憐で苛烈、これからはこれでいくの。というか失礼な言い方ね!?」

「なるほど、キャサリンは奇天烈、覚えたわ」

「苛烈だっつってんでしょ！」

「私の二番煎じだと言われないようにね？」

「ほんっと腹立つ女ね！　言っとくけどあんたは可憐でもなんでもないからね!?　見た目通りよ！」

突然豹変した恋人に唖然としたアレクシス殿下のその表情が少しおかしく、そして最終的に男爵令嬢に捨てられる王太子の未来を想像して私は小さく吹き出した。

彼女が突然騒いだのは、『公妾』なんて言いきる恋人に見切りをつけたからかもしれない。

どちらにせよ、人前で泣いてしまった私の失態が有耶無耶になったのは確かだった。

(――もしかしたらずっと蔑ろにしていたバルフや当て擦っていた私への罪滅ぼし、なんて。まさかね？)

そう前向きに捉えられるのは、彼の本音を知れたからだろう。

「帰りましょうか？」

「そうだね」

この騒ぎから抜け出すように、バルフと二人でこっそりと会場を後にする。馬車に乗るために差し出された手を掴み、乗り込んでもその手を離さなかった。彼もしっかり握り返してくれている。

「もっと早く言えばよかったわ」

本当に、もっと早く言えばよかった。

「次はバルフを抱きたいって！」

「違う違うからッ」

予定よりかなり早く帰宅した私達は、まだ夜も更けきっていないうちから寝室に直行し、そして相変わらずどこか奇妙な攻防を繰り広げていた。

勢いよく彼にのし掛かり、彼のタイをせっせと脱がしながらイメトレの成果を発揮すべくバルフの顔をチラリと確認する。目標確認！　距離感よし！

「んっ！」

それは約二週間ぶりの口付けだった。私からした口付けは、彼が私の腰をグッと引き寄せたためバルフの上に寝転がる形で深くなる。久しぶりの口付けに溺れてしまい、必死に舌を動かして応えるだけで精一杯だった。

(このままじゃ、また私ばっかり)

私が少し焦っていることに気付いたのか、バルフが突然小さく吹き出す。

「……っと、ごめん」

「あ、あ、謝るなら笑わないでっ!?」

「タイ、握ってても脱がせられないよ？」

「わかってるわよ！」

ごめん、なんて言いながら笑うのをやめてくれず、私は悔しさと羞恥を誤魔化したくてタイの結び目に手をかける。だが緊張からか上手くほどけない。

「ほら、こうするだけで取れるから」

私の手に重ねられたバルフの手によってタイがほどける。そのまま私の手を器用に操りつつ、するするとバルフが服を脱いでいく。私の手が脱がせているのは間違いないが、実際動かしているのがバルフ本人だからか、それとも彼がどこか楽しそうに私を眺めつつしているからか。

まだ服をしっかり着ている私の方がなんだかやたらと恥ずかしく、じわじわと頬が熱くなった。段々目のやり場に困り、少し顔を逸らすとその逸らした先から覗き込むように彼が顔を近付ける。

「……シエラは俺が脱がしていいの？」

「う、えっ⁉」

「抱いていいんだよね？」

「！」

最近あまり合わなかった優しげなオリーブ色の瞳は、月光を反射したのかいつもより仄暗く激しい劣情を揺らめかせていた。

返事をしたいし、主導権だってほしい。バルフをメロメロにして私だけに溺れさせたいのに、彼の瞳の揺らめきに私が溺れそうになる。強く見つめられるだけでジュン、と下腹部が熱くなり、否応なしに彼との先に期待した。

（わ、私ばかりはダメだわ……っ、私だってもっとバルフを気持ちよくさせたいもの！）

ゴクリと唾を呑み、上体を起こして彼のお臍あたりに腰を下ろした。そのまま胸を突き出すように体を反らし、腕を後ろへ持っていく。そしてすでに芯を持ち始めていたバルフのソコを服の上から優しく擦った。

「――っ!?」

彼はビクリと肩を跳ねさせた。少し焦りながら私を見るが、もちろん手を止めるつもりなんてない。

「どうかしら？　この二ヶ月、何もしないでいたわけじゃないのよ！」

後ろ手で緩急をつけて握ったり擦ったり。この体勢を選んだ理由は、単にバルフの表情を見ながらなら喜んでくれているかどうかわかるから、というだけだったけれども。

「……そんなに胸を突き出すってことは、触ってほしいんだよね？」

「え？」

仕返しとばかりにどこか意地悪く笑ったバルフは、やはり器用に私のコルセットを簡単に外してしまう。胸を突き出すような体勢だったせいで、あっという間に私の胸がぷるんと露《あらわ》になった。

「や、待ってバル……ひゃんっ」

バサリとドレスを脱がされたと思ったらぢゅ、とすぐさま先端に吸い付かれる。まだ柔らかかった私の乳首は、バルフに強く吸われすぐにツンと尖ってしまった。

「固くなってきたね、どう触れてほしい？」

「そんな、の、言えな……っ！　ぁあんっ」

下から持ち上げるようにもにゅもにゅとバルフの手で形を変えられ、主張し出した先端を指先がピンッと軽く弾く。弾かれた刺激でビクビクと背中を快感が走り、無意識にさらに胸を反らすとふるりとバルフの眼前で大きく揺れる。その胸を捕まえるように握られまたすぐに吸い付かれた。

指と舌で交互に与えられる刺激は、なんだかんだでこの二ヶ月お預け状態だったからか、それともはじめての時に教え込まれた快感を連想して体が期待しているのか、もっともっとバルフを求めてしまう。

「や、やだぁ、ダメ、それダメなのぉ……っ！」

「ダメなのにこんなに押し付けてくるの？　それともこういう刺激をねだられてるのかな」

今度は痛くない程度にカリッと歯をたてられる。

「ひんッ！」

乳首を甘噛みされた瞬間、バチバチと快感が目の前で弾けた。

くたっと体から力が抜けた私の様子に気をよくしたのか、バルフは胸への愛撫をより激しくする。

強く吸われて口腔内で彼の舌が乳首をくりくりと押し込むように動き、反対の乳首は捩じるように摘まれる。痛みを感じない程度に加減されつつも激しいその刺激は、一度達し発散したはずの体に再び熱を孕《はら》ませた。

「……ぁ、あぁっ、や、それ……っ！」

「ん、こう？」

「やぁあっ！　待……、ひゃあ」

指先が乳首を潰すように動き、口腔内の乳首はいつの間にか乳輪ごと全て口に含まれている。ぴちゃりとわざと音を立て見せつけるように舐められると、じんじんと先端が甘く痺れた。

視覚だけでなく聴覚からも羞恥を煽られ、火照《ほて》った顔を見られるのがたまらなく恥ずかしい。顔を見られたくなくて横を向くと、定位置に戻すように激しく口付けられ、彼がまた私に見せつけながら胸を弄《もてあそ》ぶ。バルフに舐められ、扱《しご》かれる度にぷくりと赤く、ぽってりとしていく胸がテラテラといやらしく濡れていた。

(私のおっぱい、バルフに作り替えられているみたいだわ)

左右交互に満遍なく与えられるその刺激に、私の思考は痺れてしまう。

「シエラ、舌出して?」

「し、た……?」

主導権を取りたくてしていたはずなのに、すっかり言いなりになっている。言われるがままそっと舌を出すと、すぐにバルフが吸い付いた。

「ん、んん……っ!」

バルフの熱い舌が乳首にしたように私の舌を強く扱くと、舌を火傷しそうな錯覚に陥った。

熱いのが彼の舌なのか私の舌なのか、もうわからない。

「ん、っ! ぁ……っ、ひゃぁあん!」

熱に浮かされたようにバルフの舌を感じていると、突然両乳首を捏《こ》ねられて腰がビクリと跳ねた。

「シエラ、手、止まってるよ?」

「あ、や……バル、バルフっ」

そんな私をくすりと笑ったバルフは、気付けば後ろ手で添えるだけになっていた手のひらをいつの間にか外し、私の蜜口へと猛りを擦りつける。

「気持ちよくしてくれるんでしょ? ほら、早くしないと勝手に楽しんじゃうけど」

「あんっ、それっ、挿っちゃうぅ」

スルリと撫でた彼の手がそのまま腰をガッシリと掴み、すでに蜜を溢れさせていた私の割れ目に反り返った剛直で刺激を与える。

ゴリゴリとしたソレが往復する度、ぷっくりと尖った私の愛芽を刺激した。

「あぁ……っ！」

溢れるままに嬌声が零れ、ぐちゅぐちゅとした卑猥な水音とともに部屋に響く。

グリッと愛芽を強く擦られる度に声を上げ、体中が熱く痺れる。

「このまま挿れたい、けど。シエラにも気持ちよくなってほしいから、ゆっくり慣らそうね」

表面を掠めつつ強く擦りながらバルフが耳元で囁《ささや》く。その言葉は、苦しいくらいの快感を植え付けられた私には、まるで絶望に落とす悪魔の囁《ささや》きにも聞こえた。

「や、いい、も、だいじょ、ぶ……だからっ、だからもうバルフの……」

「ふふ、俺がしっかり解してあげるから」

「ダメ、もう無理なの。これ以上はおかしく……っ！」

「ダーメ」

バルフは右手で私のお尻をギュッと握り、蜜口にグリグリと剛直をあてがいながら反対の親指で強く愛芽を潰す。掠めるでもなく、当たるでもなく確実に狙われて刺激を与えられた私は甲高い叫びを上げ、一気に絶頂へ導かれた。

「下から眺めるシエラもいいけど、まだまだたくさんイかせるから。ほら、全部委ねて？」

ビクビクと痙攣《けいれん》するように体を震わせる私を、まるで宝物のように丁寧にベッドへ寝かせたバルフは私の両太腿を大きく左右に開く。

ダメ、と思った時にはもう遅く、バルフの舌が溢れた蜜を掬《すく》うように動き、そのままぐちゅりと舌が蜜壺へと挿入された。熱い舌が蠢《うごめ》く感覚は激しい羞恥と言いようのない快感を誘い、達したばかりで敏感になっていた私をまた絶頂へ誘う。そして私が達したのを見た彼は、上がった息が整うのを待たずすぐにヌプリと今度は指も挿れてきた。

「ん、んあぁあっ」

ナカを強く擦られ、舌で優しく舐められて指が抽挿される度にこぽりと愛液が溢れ出る。そして垂れた愛液を掬《すく》っては剥かれた愛芽へ塗りつけるように刺激された。

かなりの時間をかけて何度もイかされた私がゼェゼェと息を荒らげ、意識が若干朦朧《もうろう》としだした時に突然サッパリとしたレモン水が口内に流れ込んでくる。欲するがままねだり、少し落ち着きはじめて、やっとバルフが口移しで飲ませてくれているのだと知った。

「落ち着いた?」

「ぁ……、うん、ありがとう、バルフ」

「全然。だって本番はこれからなんだから」

「へ?」

にこりと弧を描いたバルフの口元に一瞬気を取られる。

その次の瞬間、私を襲ったのは、バルフの劣情でぐぷりと貫かれた圧迫感だった。

「――ッ！」

「ん、すご。シエラのナカ、絡み付いてくるみたい」

ゆっくりと、しかし確実に進む腰は何度も登り詰めた私を簡単に絶頂へ導く。ぱちゅんと奥まで挿入された頃にはビクビクと体を痙攣《けいれん》させるだけになった。

「待、おねが、そのまま……っ」

「ん、わかった。このまま動くね？」

「ち、ちが……っ、ぁあんっ！」

奥まで挿入したバルフは、私の腰を掴んだままゆっくりとした抽挿を繰り返す。激しく突かれないかわりに与えられるゆっくりとした揺さぶりは、私のナカをバルフの形に変えてじっくりと刻むような動きだった。

「ん、んんっ！」

「シエラ、唇そんなに噛まないで、ね？」

優しく諭すように囁《ささや》かれ、彼の荒い吐息が耳にかかる。

そのまま掠めるような口付けをされ、唇をそっと舐められた。長時間与えられた快感のせいでどこもかしこも敏感になっていた私は、それだけのことで堪えようとした嬌声を溢れさせてしまう。

「あぁっ」

「シエラの声、ずっと聞いてたいなぁ」

「や、ば……かぁっ！」

「でもごめん、そろそろもっとほしい」

「ぁ、え？」

馴染ませるようにゆっくり奥を揺すっていたバルフが、ズズッと抜けるギリギリまで腰を引いたと思ったら、さっきまでの緩やかな動きではなく勢いよく奥を貫き、私は息を詰める。

「——ひ、ぁああ……ッ」

「気持ちい、シエラのナカ、めちゃくちゃ熱くて腰ごと溶けそう」

「ぁ、あぁんっ、んぁあっ！」

ぱんぱんと部屋中に肌と肌がぶつかり合う淫靡《いんび》な音が響き、掴まれた腰が激しく揺さぶられる。その度にふるふると胸が大きく揺れ、私の方へ軽く上体を倒したバルフが揺れるおっぱいを捕まえるように強く吸った。

最奥を突きながら胸まで同時に刺激された私は、今日何度目かもうわからない絶頂を迎えた。瞳の奥でパチパチと星が瞬き、無意識に彼のモノをぎゅうっと締め付けるとバルフも少し顔を歪める。

「——ん、シエラ、もう……っ」

「あ、ぁあん、きて、早く、おねが……っ！」

少し上体を倒していたバルフがそのまま私をぎゅっと抱き締め、すっかり降りてきていた子宮口を抉じ開けるように最奥のそのさらに奥目掛け、先端をグリッと捩じ込む。ドピュドピュとナカで広がる熱を下腹部に感じながら、快楽の波で疲れきっていた私はそのまま意識を手放した。

「んん……？」

そっと髪を撫でられて掬《すく》われる感触に気付き、瞼を開けると、ベッドに腰掛けたバルフが汗で貼り付いてしまっていた私の髪を清潔な布で拭いてくれていると気付く。

「あ、ごめん、起こしちゃったね。シエラはこのままゆっくり寝てて？」

優しく瞼に口付けられ、その心地好さから促されるまま瞳を閉じる。

（平凡な幸せって、こういう日常を言うのかしら）

なんてじわりと温かくなった心を抱き締めるように考え――いや、平凡にしてはあまりにも初心者向きではなかったわよね？　と考えを改める。

（初夜から二ヶ月も溜めたからいけなかったのよ！　もっと頻繁に発散させれば、私にもそのうち主導権が来るはずだわ）

まだぼんやりしている頭でそんなことを考えつつ、のそのそと体を起こした。全身怠い体でバルフの腰元までずりずりと進み、膝にボスンとダイブする。

「シエラ？」

「ん？　んふふ」

ぴったりと引っ付ける距離に彼がいてくれることが何よりも嬉しくて堪らない。

「貴方のはじめてを奪った責任を取って、私の一生をかけて幸せにするわ」

ふふ、と笑いながらそう伝えると、

「なら俺はシエラの最後の男になる責任を取って、君だけを一生愛し続けるよ」

はは、と笑ったバルフがそう返してくれる。

婚約破棄からの逆プロポーズではじめた私達は、外から見たらまだどこか歪《いびつ》かもしれないけれど。

それでも、未来を約束できるのが貴方ならば。

「約束だからね！」

私がきゅっと彼の手を握ると、バルフも力強く包むように握り返してくれた。

その手の強さに応えるように、委ねるように。今も、そしてこれからも。

目を閉じれば何よりも大好きな彼からの口付けが降ってくるとそう確信していた私は、そっと瞼を閉じたのだった。

第三章　領地に行っても私のです！　婚約破棄からはじめた溺愛婚（熱望）

それは一枚の手紙で知った、特大ニュースだった。

「バルフ！　バルフバルフバルフバルフ！」

「ん？　どうかしたの、シエラ」

「キャサリンが、キャサリンが……ッ」

貴族としては許されないほどバタバタと足音を響かせて飛び込んだのはバルフの私室。そこで部屋の片づけをしていたバルフは、飛び込んできた私に驚きつつも両腕を広げてくれた。

私は彼の胸にそのまま飛び込む。

（幸せだわ）

きっとお兄様やお父様ならまず足音を叱っただろうし、ベラにはたしなめられるだろう。元々体が弱く静養中のお母様は笑ってくれそうな気がする。

でもバルフはどんな時も迷いなく受け止めてくれるのだ。それはもちろんバルフが私を愛しているからにほかならない。こういう小さな積み重ねが嬉しくて、思わず笑顔が溢れる。

「シエラ？」

「んふふ、幸せだなぁって思っていたの」

「うん、それは俺も。こうやってシエラが俺の腕の中に飛び込んできてくれるなんて、今でも夢みたいだ」

「バルフ……」

「シエラ……」

うっとりと見つめ合っていると、私の後を追ってきたらしいベラが思い切り咳払いをした音を聞いてハッとした。そうだ、今私は最愛の旦那様と愛を確かめ合っている場合ではないのだ。

だってキャサリンが、〝あの〟キャサリンが！

「結婚したわぁ～っ！」

叫んだ私の言葉に一瞬きょとんとしたバルフだったが、すぐに驚いて目を見開く。

「ということは、この国の王太子妃に!?」

「いいえ、なんと隣国の」

「隣国の⁉」

アレクシス殿下をキープと呼び、何があってもこの貧乏から抜け出すのだと怨念めいて呟いていたキャサリン。いつかもっといいお金持ちと結婚すると息巻いていた彼女だったが、先日私とバルフがすれ違ってしまったあの夜会で出会ったのは、隣国から来ていた王太子、では、なく……

「王太子の護衛騎士と結婚したらしいわ」

「え。王太子じゃなくて、護衛騎士？」

バルフが驚くのも無理はないだろう。もちろん外交についてくるほど信頼されている護衛騎士ならばそれなりにお給料は貰っているだろうが、それでも王太子ほどではない。男というよりお金と権力を優先していたキャサリンだからこそ、護衛騎士で手を打つなんて思えなかった。

(つまりそれだけの人に出会えたってことなのね)

私にとってのバルフ、そしてバルフにとっての私のように……！

「バルフ、どこでだって貴方を愛しているわ」

「そんなの俺もだよ」

幸せを噛みしめるようにうっとりと見つめ合う私達の顔が、少しずつ近付く。

あぁ、口付けまでもう少し——というところで、本日二度目の咳払いで再び我に返った。

「あの、仲睦まじいことは素晴らしいのですが、出発は明日です」

「そ、そうだったわね！」

そうなのだ。特大ニュースは私達にもあったのだ。

「準備万端にしなきゃね、だって新居に移るんだもの！」

公爵家の仕事や人達に慣れるべくしばらく私の実家で暮らしていたが、この度なんと新しい領地へと向かうことになったのである。

その土地の名前は――

◇◇◇

「着いたわ！　ここが私達の新たなはじまりの地、キーファノね！」

「この間、視察に来たばっかだけどね」

明らかにうきうきとしている私を、どこか微笑ましそうにくすくすと笑いながら見つめるのは、まっ黒の髪に優しげなオリーブ色の瞳をした夫、バルフ・ビスターである。先に馬車から降りた彼は、エスコートすべく手を差し伸べてくれた。

(優しげな、ではなく本当に優しいんだから)

そんなバルフの手をきゅっと握り、彼には『ローズブロンド』に見えているらしい錆《さび》色の髪を靡《なび》かせて軽く跳び跳ねるように馬車から降りる。

マーテリルア国北東にあるビスター公爵家の領地、キーファノ。

先日キャサリンが嫁いだ隣国ベルハルトとの国境も近いが、両国とも平和であり同盟国でもあるので、今のところ揉め事やトラブル等もなくとても穏やかな土地だった。

（だからこそエリウスお兄様がプロポーズするのに選ばれた地でもあるんだけれど）

元々父が王都にいた時は兄夫婦がこのキーファノの領主として住んでいた。爵位を譲られた後は彼らが王都に移り住み、ビスター公爵家に代々仕えてくれている執事長のアドルフが代理として守っている。そして私の結婚で一時的に王都へと戻ってきた父と、次期公爵として働く兄からいろいろ学んだ夫であるバルフと私はキーファノにやってきた。兄からの打診により、この度キーファノを領主代理として治めることになったのだ。

「ここが俺達の城になるんだね」

「ええ」

私は幼い頃から毎年のように遊びに来ていたから馴染みもある。しかしバルフはそうではない。私が拐《さら》うように無理やり結婚して婿入りさせた上に、物理的にも実家から引き離す形になってしまったことが少し申し訳なく感じた私は思わず俯いてしまう。

そんな私の気持ちを察したのか、繋いでいた手を反対の手でも包むようにぎゅっと握ったバルフが私の顔をそっと覗いた。

「素敵な土地に連れてきてくれてありがとう、シエラ。これからここでも君といろんな思い出を作りたいな」

「バルフ……っ！」

そう言ってふにゃりと笑うバルフに胸が高鳴る。そのさりげない気遣いや気配りでいつも私を包んでくれる彼が、私はやっぱり大好きなのだと実感した。胸に溢れる温かな気持ちを口にしたいが、きっとどの言葉を選んでも伝えきれそうにはない。

だから私は、この幸せな気持ちを全て込めて彼にまっすぐ向き直り、そっと瞳を閉じる。ゆっくりとバルフの顔が近付く気配にドキドキと期待してその瞬間を待っていた、が……

「おっほん、無事のご到着と仲睦まじい姿がこの目で見られるとは、長生きはするものですね」

「「！」」

わざとらしく響いた咳払いにびくりと肩を跳ねさせた私達が慌てて少し離れると、そこには白髪の初老の男性――執事長のアドルフと、長年彼の下でこのキーファノを守ってくれていた侍従達が勢揃いしていた。

「い、いつから見てたの？」

「着いたわ！　ここが私達の新たなはじまりの地、からでございます」

「それ、最初からっていうのよ」

幼い頃から自分を知っている相手なだけに恥ずかしさが倍増し、赤くなった顔を隠すべくさっとバルフの後ろに隠れる。

そのまま彼の背からそっと皆の様子を伺うと、生ぬるい視線を向けられて……は、いなかった。

「よかったです……お嬢様……っ！　ぐすっ」

「うぅっ、おめでとうございます、ズズッ、そしてお嬢様が申し訳ございません……！」

「これから誠心誠意お仕えいたします、バルフ様……っ！　ですので我々のお嬢様を……っ、お嬢様を恨まないでくださいませ……っ、うぅうっ」

「え、恨……？　ごめん、最後なんて？」

涙ながらの歓迎っぷりに動揺し思わず後退ると、戸惑っているのはバルフもだったようでちらりと私に視線を向ける。

(そ、そうよね？　バルフは皆と初対面なんだから、私がこの場をなんとかしないと)

ここで怯《ひる》んでいる場合ではない。愛する旦那様が困惑しているのだ、こういう時こそ妻として役に立つべく彼らの前に一歩進み出るが、そもそもどうしてこのような状況なのだろう。

「なんで皆、泣いてるの……？」

前に出てみたものの思い当たる節がなく、フォローどころではなかった私にくすりと笑ったアドルフがそっと右手を軽く上げる。流石《さすが》公爵家の使用人、泣いていたとは思えないほど俊敏な動きでさっと左右に分かれ道ができた。

促されるままバルフと歩き、邸宅へ入る。扉が完全に閉まったのを確認してアドルフが口を開く。

「お嬢様が、婚約者のいる男性を略奪して結婚なされたと聞いた時は、この私め寿命が尽きるかと思いました」

「ヒッ！」

ぽつりと溢《こぼ》すように呟かれた言葉にビクッと肩が跳ねる。

(そ、そうなんだけど！　事実なんだけど！)

「い、一応ね？　破談を見届けてから、プロポーズしたのよ？」

「そもそもその破談もお嬢様が唆《そそのか》したのでは？」

「ぎゃっ」

（バレてる！）

流石《さすが》私を幼い頃から知っているだけはある。そしてこの話は邸中に知れ渡っているのだろう。使用人達が涙ながらに出迎えてくれた理由にくらりと眩暈《めまい》を起こした私は、その気まずさも相まってバルフもアドルフも見られない。だが、そんな私の目の前にぴょこんと顔を出したのは、新しく私の専属の侍女になったクラリスである。明るい茶髪のボブに濃紺の瞳が可愛らしいクラリスは年が近く、私がキーファノへ来る度に侍女というより同年代の遊び相手役を担っていた。

そんな彼女が人懐っこい表情で人差し指をピンッと立てる。

「ですので我々は、さぞお嬢様を憎み恨まれているのでは、と推測していたのですよ！」

「憎み恨まれ……っ」

（あ、あんまりではないかしら……っ!?）

確かに同意なく結婚に持ち込んだと認めるが、当時の彼は婚約者から相手にされていなかった。

「婚約破棄よ？　だったら私が貰ってもいいじゃない！」

「その発想がお嬢様って感じですわぁ」

「ク、クラリス！」

はぁ、とため息を吐きながらそんなことを言われた私は、うぐ、と言葉を詰まらせる。

その時、まるで私を励ますかのように肩に手が置かれた。

「俺はあの時シエラがプロポーズしてくれて嬉しかったよ。まぁ、俺からプロポーズできればよかったんだけど……子爵家の俺ではシエラに話しかけることもできなかったし」

「バルフ……」

触れた肩から伝わる彼の温度が心地好く、そんな仕草からも愛されていると心が温かくなる。

(最初はどうすれば好きになってもらえるのか、悩んでばかりだったのに)

今の私達は、あの歪《いびつ》に始まった新婚生活を乗り越えてちゃんと愛を育めたのだと嬉しくなった。

「夜会の、それもわざわざ皆の前でプロポーズしてくれたのは、俺の名誉を守るためだよね」

「え？　え、えぇ。もちろんよ」

(かつ、あれだけ人目がある状態なら、子爵家のバルフからは断れないだろうと思っていたけど)

「それに拐《さら》った、なんてシエラも言うけど、先に俺の家に結婚の了承を取りにいってくれたし」

「そ、そうね」

(了承っていうか、高位貴族の圧力と脅しに近いわね。バルフのご両親、まっ青で震えていたし)

「それだけじゃなく、ビスター公爵家にすぐ婿入りできるよう、部屋も準備してくれていてさ」

「あ、あはは、その通りだわ」

(既成事実を作るために夫婦の寝室を最初に作ったのよね。もちろん連れ込んですぐ押し倒したし、誘惑しようとバルフに無理やりおっぱい揉ませたりもしたわね……)

まるで美談のように彼の口から語られる数々が、どれも私の下心から来るもののせいでかなり居心地が悪い。そして私のこの下心に気付いていないのはバルフだけのようで、アドルフとクラリスは微笑んでいるのに目が笑っていなかった。

「経緯はどうあれ、実際にお会いしたおふたりがとても仲睦まじそうで本当に安心したんですよ」

「カトリーヌ！」

凍った空気を和ませるように口を開いたのは、私より少し年上の侍女、カトリーヌだった。令嬢の友達がいなかっ……少なかった私の相談相手を担ってくれた彼女は、淡い金髪を右耳の下でお団子に纏《まと》め、柔らかな濃い茶色の瞳を細めてにこりと微笑む。

「お嬢様がずっと耐えられていたのを、皆知っておりますので」

十歳の時にアレクシス殿下の婚約者候補筆頭に選ばれた私は、残念ながら彼の好みではなかったらしい。私も正直彼は好みではなかったのでそれはそれで構わなかったのだが、あくまでも婚約者候補止まりの私を殿下がエスコートしてくれるわけもなく、そんな私を誘う貴族男性もいなかった。

(婚約者候補筆頭の立場なのに全く相手にされていなかったから、令嬢達に笑い者にされたしね)

そして誰よりも、アレクシス殿下が私を蔑ろにしていた。カトリーヌや泣くほど喜んで迎えてくれた彼らの様子から、きっと蔑ろにされていた私のために嘆き怒ってくれていたのだと察する。

私は、私が思っている以上に想われ、助けられていたのだろう。

(このことに気付けたのも、全部バルフと結婚できたからだわ)

歪《いびつ》に始まった結婚生活は、それでも私達らしくゆっくりと育み、そして今の幸せに繋がっている。

「バルフ、私と結婚してくれてありがとう」

「こちらこそ、選んでくれてありがとう、シエラ」

私は改めて彼と、そして彼らとの新生活に心を躍らせるのだった。

アドルフに領主夫婦の寝室として案内された部屋の内装を見て、思わず目を見開く。

「あら？　ここってこんなインテリアじゃなかったわよね」

「こちらのインテリアは、お嬢様の私室の雰囲気を模してバルフ様と手紙で相談し、作りました」

「！」

どうやら兄から領主代理の打診を受けたタイミングで家具を入れ替えたらしく、『彼女がどこでも過ごしやすいように』というコンセプトでバルフとアドルフで作ってくれたらしい。彼らが仕入れてくれた家具類は確かに私の私室にあった家具と雰囲気が似ていた。

（ちゃんと『夫婦で使えるように』、ソファも部屋にあったものより大きいから、ふたりで座れるわね。それに机も）

並んで座ったり机を挟んで向かい合わせでティータイムを楽しめるようにと考えながら選んでくれただろうことが堪らなく嬉しい。

それに、視察に来た時は道中の街に泊まったため、バルフと彼らが会ったのは今回が初めてのはず。なのに、完全に受け入れられていたのは私が無理やり拐《さら》った夫だからではなく、直接会う以外の方法で少なからずバルフ本人がコミュニケーションを取ってくれていたからなのだと知った。

（もう、本当にバルフってば……）

世間では地味だとかなんだとかいろいろ言われているが、そういう細やかな気遣いができるのが彼なのである。

「でも、インテリアはわかったけれど、この部屋じゃなくてもよかったのよ?」

「それはエリウス様からのご指示でございます」

「お兄様の?」

キーファノの領主は兄だ。爵位を継いで公爵になり、この地から離れても二度と来ないわけではない。私達はあくまでも代理なのだ。

それなのに兄がわざわざ領主夫婦の部屋を使うように指示をした、その理由。

「つまりお兄様は」

この土地を、ゆくゆくは私達の『領地』として与えるつもりなのだろう。それは兄からの結婚祝いであり、兄からの信頼だった。今がまだ『代理』なのは、夫婦になりたての私達への配慮だ。もちろん、ちゃんと領主としてやっていけるかを試す意味もあるのだろうが。

(たとえどんな困難がこの地を襲ったとしても)

最後までこの地に寄り添うことを決意し、グッと両手を強く握る。バルフが兄の指示を受け、この『領主夫婦の部屋』に私達の寝室を作らせたなら、彼も同じ覚悟をしたということだった。

(だったら、私も彼に寄り添う努力をしなくっちゃ)

「わかったわ、アドルフ。いろいろありがとう」

強く握った両手をパッと開き、私は何も気付かなかったようにアドルフへ笑顔を向けると、彼はどこか孫を見るような目をしていた。そんな彼にお礼を言った私は、そのまま寝室を出てバルフの執務室へ向かう。ノックをするとすぐに「どうぞ」と言う彼の声が聞こえてきた。

「バルフ！　私にも何か手伝えないかしらっ!?」

領地を守るのは夫の仕事、家を守るのが妻の役目。それがこのマーテリルアの常識。

(でも私だってこの領地のために何かしたいわ！)

多少型破りかもしれないが、それでも私の熱意を伝えたくて小走りでバルフの目の前に立つと、彼は少し困ったように眉尻を下げる。

「ない、かな」

「ない、の？」

バルフの返事に思わず項垂《うなだ》れる。

(やっぱり女である私は領地の経営に目を向けるべきじゃなかったのかしら)

俯いている私にまるで追い討ちのような彼のため息が聞こえたが、その後に紡がれたのは予想外の答えだった。

「真っ白なんだ」

「はい？」

「小公しゃ……、お、お義兄様が政務をこなされていた頃から、王都へ立たれた後の履歴を確認したんだけど、どこもクリアですごく円滑に回ってる」

「あ、あら」

「俺がすることも見つけられない」

「げ、現状維持こそ最善ってことね？」

私の言葉にこくりと頷いたバルフは、安心したような、けれどどこか拗《す》ねたような複雑な表情を浮かべていた。

(役に立ちたいと意気込んだのに、業務を引き継ぐだけで寂しいのね)

もちろんそれは、それだけ兄や、兄の代理として領地を治めてくれていたアドルフ達が真摯に向き合ってきていたからこそ。そしてそんな当たり前であり喜ばしい事実に、安心しながらも少し寂しそうなのは彼も領地を治めるために何かをしたかったのだ。

(なのに改善できることがないから役に立てない、なんて思っちゃったのね)

それは、きっとさっき私が項垂《うなだ》れたのと同じ理由。

「大丈夫よ！　だったら領地を『治める』ためじゃなく、『良くする』ために何か探しましょう！」

「シエラ」

私からの提案に、一瞬きょとんとした彼はすぐに口元を綻ばせ、ちゅ、と軽く口付けられる。もう幾度となく口付けどころか身も心も繋げているが、それでも不意打ちはズルい。

私はじわりと熱くなる頬を隠すべく、そっと顔を逸らした。

「シエラの言う通りだ。キーファノをより豊かにするために、何ができるか一緒に考えてくれる？」

「もちろんよ。でも、本当に私が手伝ってもいいのかしら」

「シエラから何かないかって言われた気がしたんだけど？」

私の質問の意味がわからなかったらしく、軽く首を傾げたバルフ。だが、すぐ答えに思い当たったようで顔を上げた。

「あぁ！　俺はネイト家の仕事で元々他国へ行く経験が多かったから、妻は家のことだけを、とは思わないよ」

「ほんと？」

「うん。それに俺は、シエラが楽しそうにやりたいことをやっているのを見るのも好きだから」

そう言ってくしゃりと笑ったバルフに思わず抱きつく。本当に私はなんて幸せなのだろう。

「じゃあ、改めて何をするかよね」

執務机からソファへ移動した私達は地図を広げた。地図には地名だけでなく、その土地で採れるものも細かく記入してある。

「何か作物を加工するなんてどうかしら？」

「うーん、特産品の食物でもあればそれもよかったかもしれないけど」

残念ながらキーファノはあまり食物関係に恵まれていない。隣国ベルハルトが近く、またベルハルトは穀物が有名で、その穀物に合わせた料理なども発展してきた。正直、この領地の食品産業は隣国に頼りきりというのが現実だ。

（もちろん王都から来る食べ物もあるし。でもベルハルトの食べ物って全部美味しいのよね）

加工技術を発展させる手もなくはないが、それも結局はベルハルトの二番煎じ。

「キーファノって、穏やかで平和だけれど、何か採れるわけでも生産してるわけでもないのよねぇ」

もちろんこの地に何もないわけではない。キーファノといえば『観光』。気候が穏やかであり、花などの自然も豊か、そして北東にあるここは避暑地としても人気がある。だからこそ、目に見えて新しい何かを作ったり売ったりするのは景観を変えてしまう可能性があった。

「せめてここの草木に果物の実でもなればいいのだけれど」

「植え直すのは避けるべきだね、街並み含めて観光の目的にもなってるし」

「更地でもあればオリーブの木を植えるのにぃ」

バルフの瞳と同じ色のオリーブ。

(オリーブなら食べてもいいし、化粧品への加工もいいし)

「オリーブ？」

「でも、見た目が地味よね」

「あぁ、見た目がね。普通というか、まさに地味で見て楽しむって感じじゃないもんね」

「バルフのことじゃないわよ!?　オリーブのことよ！」

「わかっているよ、シエラ。でも俺の瞳の色を思い出して言い出したのもわかっているよ……」

「ち、違うわ!?　そうだけどそうじゃないから！　見る人が見ればなんかこう、癒されるわよ！」

「え、それフォローになってる？」

がくりと項垂《うなだ》れたバルフに慌てるが、すぐに彼の肩が小刻みに震えていると気付く。

「……からかったわね？」

「ふふ、どうだろう？　まぁ地味なのは今更だしね」

くすくすと笑いながら顔を上げたバルフが、そっと私の髪を一束掬《すく》う。

「でも、そうか。新しく『作る』必要はないか」

「?」

何かを思い付いたらしいバルフが、ニッと口角を上げた。

◇◇◇

(まさか私名義の鉱山があったなんて)

バルフの執務室で見せられた権利書は、公爵家の貢献という名目ではあるが、実質前回の狩猟会での非礼を詫びるため、アレクシス殿下から差し出されたものらしい。

「鉱山って何なのよ、それも私の名義って何なのよ」

「あはは、まぁ要はシエラ様への慰謝料なんですよね? ならシエラ様名義で正解では?」

「名目は慰謝料じゃないわ」

そう、名目は慰謝料じゃない……のに、名義が私。

(確かに狩猟会のあの日、バルフが抗議するって言っていたけど)

まさか本当に抗議文を送り付け、結果鉱山を貰うなんて思っていなかったから、流石《さすが》に驚いた。

「公爵家の貢献って名目なら、私じゃなくてバルフじゃない? お兄様やお父様の政務を手伝ったのも、ふたりの代わりに公爵家の代表として狩猟会や夜会に出席したのも、バルフだもの」

だったらバルフ名義でもよかったはず。というか、婿という立場なら自分の私財を持つ、絶好の機会だったはずだ。

（なのに迷わず私の名義にしちゃうなんて）

「私、愛されすぎじゃないかしら⁉」

「あ、惚気でしたか。そういうの、お腹いっぱいです」

「聞きなさいよ⁉」

「えぇ？」

少し不満そうなクラリスが紅茶の準備をしてくれる。自分の分もちゃっかり淹れているところを見ると、一応聞いてくれる気があるらしい。もちろんそんな態度や行動は侍女として誉められたものではないのだが、それでも友人と呼べる相手がいなかった私の『話し相手』として選ばれた侍女だと考えれば大正解な人選だろう。そして私もそんな彼女だからこそ、この気安い関係が心地よかった。彼女とソファに並んで座り、淹れてくれた紅茶を一口飲んでから口を開く。

「ルビーが採れるらしいのよね」

「その鉱山からですか？」

「そうなの。バルフが言うなら絶対採れるわ」

「あ、惚気です？」

「事実よ」

「惚気ですよ」

今はまだ準備中で採掘自体は始まっていないが、商家も担っていた彼が言うのだから間違いない。

『名産品がないなら、名産品を作ればいいんだよ』

ニッと笑いながら言った彼はいつもより強気で、そしてその根拠はきっと経験からだろう。

(なら、私は信じるだけだわ)

「でも思い切ったことしますねぇ、ルビーって別にキーファノで採れるわけでもないですし」

「そうなのよね」

ルビーが採れるというのは、あくまでもいつの間にか私の名義になっていた全然別の場所にある鉱山。産地でも何でもないキーファノで、ある日突然ルビーを名産品にします！　なんて言っても受け入れられないのではと思ったのだが……

「私の髪色に合わせて売り出すらしいの」

「へ？」

「その、私からすれば錆《さび》色だけどね？　バルフからすると、私の髪ってローズブロンドに見えるらしいのよ」

「へぇ」

「だからその、『最愛の妻に贈る色』としてね？　宣伝して売るらしいわ」

「うわぁ。シエラ様からの悋気かと思ったら、バルフ様からとんでもない角度の悋気が飛んできて砂吐きそうです」

「だから悋気じゃないってば！」

これはあくまでも悋気ではなく、キーファノを盛り上げるための手段のひとつというだけだ。

「だから私は、そのルビーをどんな小さな欠片も無駄にしないようにしなきゃいけないの！」

「なるほどぉ」

完全に聞き流しの体勢に入っていたクラリスがわかりやすく適当な相槌を打ったタイミングで、アドルフが扉をノックする。

「お嬢様に隣国からお客様です」

「隣国から？」

アドルフのその言葉に私とクラリスが首を傾げる。隣国に知り合いなんていないはず、なんて思った私の頭に過《よぎ》ったのは先日電撃結婚したとある人物だった。

「唯一の友人が来てやったわよ、と言伝を頼まれまして」

「心当たりしかないわね。そのピンク髪の女、温室に通してくれる？　私もすぐに行くわ。あと唯一じゃなくて唯一無二と言いなさいって言っておいて」

どうやら私の唯一無二の友人は、私をちゃんと友人判定していてくれたらしい。

温室に入ると、やはり想像していた通りのピンク髪の女性——唯一無二の友人であり、バルフの元婚約者のキャサリンが待っていた。

「ある高位貴族の女を真似して訪問の手紙持参で来てあげたわよっ！」

「まぁ。そんなマナーのなっていない高位貴族がいるなんて信じられないわね」

「あんたよ、あんたァッ！」

相変わらず元気そうなキャサリンにホッとしながら席に着く。

「それにしても珍しいわね？　あ、まずは結婚おめでとうと言うべきかしら」

「え？　あ、あー、その、あ、ありがと」

（て、照れているの？）

予想外の反応をしたキャサリンが可愛くて思わずきゅんとしてしまう。

あれほど権力とお金に固執していたキャサリンなのに、そんな彼女が将来有望とはいえ、ただの騎士を選んだことも意外だったが――……

「……好きな人との結婚ほど、幸せなことはないものね」

彼女の少し恥ずかしそうな、だがそれでいて幸せそうにはにかむ笑顔に安堵する。

「べっ、別にそこまでじゃないわよっ！」

「そうよねそうよね、嬉しいわよね」

「そんなこと言ってないでしょぉっ⁉」

顔をまっ赤にさせながら叫ぶキャサリンを微笑ましく眺めながらジャムと紅茶をそれぞれ一口。

私のジャムはオレンジで、キャサリンのジャムは赤いのでおそらくローズなのだろう。

（確かにキャサリンってこういうの好きだものね）

彼女の家にはじめて遊びに行った時のことを思い出し、微笑ましくなる。あの時は自分を未来の王太子妃なんて言っていたのに、すっかり旦那様にベタ惚れのようだ。

「それにしても、本当に急に結婚してびっくりしたんだから」

「それ、あんたにだけは言われたくないんだけどぉ」

「で、何があったの？」

「つくづく都合が悪いことは聞こえないタイプよね、まぁいいんだけど。実はその、いろいろあって一夜を、その」

「ズプッといたしちゃったってこと⁉」

「言い方ァ！」

キャサリンは長く付き合っていたアレクシス殿下とも夜をともにせず、純潔を守っていた。衝撃の告白に愕然とした私があんぐりと口を開けて固まっていると、気恥ずかしそうに顔を背けつつ、彼女は口を開いた。

「ガルシア……その、夫の国なんだけど、ベルハルトなのよ」

「そりゃ隣国なんだから知ってるけど」

隣国、ベルハルト。ベルハルトといえば穀物も有名だが、それよりもかなり厳格に処女性を大事にしている国としても有名だ、とそこまで考えてハッとする。

「あそこの国って、〝はじめての相手〟と結婚する決まりだったわよね？」

「そうなるわね」

「つまり童貞を奪った責任を取ったってこと？」

「私はあんたと違って痴女じゃないのよッ！　でもまぁ、簡潔に言えばそんな感じかしら」

「合ってるんじゃない」

まさか電撃結婚にそんな経緯があったとは。だがそれでも彼女が幸せそうなことに違いはない。

「ねぇ、新婚生活はどうなの？　私もバルフと結婚して毎日幸せで……」

「あんたの惚気は本当にいらない。想像するだけで砂吐きそう」

「どういう意味よ！」

「そのままの意味よ！」

幼い令嬢でもないのにこんな言い合いを、お互い夫人になった今もまだするなんてと思うと少しおかしかった。

（これが『気の置けない友達』ってやつなのね）

「で？　実際どうなのよ」

「怒鳴り合うことばっかよ、デリカシーがないんだもの」

「ど、怒鳴り合ってるの？」

（私とバルフじゃ想像もつかないわ）

私が騒ぐことはあっても、彼が怒鳴る姿は想像できない。幸せな新婚生活に何を怒鳴るような事情があるのだと、変な汗がじわりと私の額に滲んだのだが……

「まぁその、お揃いにしようって言っていたハンカチに刺繍したんだけど、刺繍の絵柄は変えたのよ。でもガルシアはその絵柄も一緒がよかったみたいで」

「は？」

「だから、仕方なくほどいてもう一回刺繍し直したんだけど、今度は最初のも俺の宝物だったのに、とか言い出して」

「……悋気？」

「愚痴よ」

「悋気よね」

「愚痴だってば！」

本人は否定しているが、どう聞いても悋気にしか聞こえない。正直どうでもいい怒鳴り合いの喧嘩内容に、なるほど、悋気を聞く側ってこんな気持ちなのか、なんて考えていると、相変わらず照れているのかまっ赤な顔をしたキャサリンがキーキーと騒いだ。

「そ、それに人使いも荒いのよ！　今日ここに来たのだってガルシアが……っ！」

そこまで言った彼女が、一瞬『あ』という表情をした後、どこか気まずそうに両手を軽く上げる。

「あー、口が滑っちゃったし、もう言っちゃうんだけど」

「えぇ」

「ちょっと人探しをお願いしたいの」

(ガルシアが、と口を滑らせたってことは国絡みなのね)

本来ならそこを伏せて依頼するつもりだったのだろう。そして私に言ってきたのは、夜会などで私が話しかけられる相手、つまりはどこかの貴族令嬢なのかしら、なんて想像する。

「その、さっきも話に出たんだけど、ベルハルトってはじめての相手と結婚する決まりじゃない？」

「そうね」

「それでその、つい先日ね？　親しい……というか、仲を取り持ってくれた？　みたいな人の誘いでその、酒場で内輪だけの結婚祝いの食事会をしたのよ。ほかの場所だと身バレするから、あえて一番その方がいなさそうなところでやろう、ってなって」

酒場にいそうではなく、またほかの場所だと身バレするなら、高貴な人が企画したのだろう。

「だけど私、お酒とか好きじゃないし、一応新妻だし？　長居せず私だけ先に送ってもらって帰ったのよ。そのお方にはそんなに遠くないから酒場で待っててもらって、私を送った後にガルシアが護衛も兼ねて送るはずだったんだけど」

キャサリンのその言い方に、さっきは高貴としかわからなかった相手の顔が具体的に浮かび、ここまでの会話の流れから嫌な予感がする。

王太子の護衛騎士であるキャサリンの夫が護衛を兼ねて送る高貴な人とは、まさか。

「まさかレイモンド王太子殿下が誰かと夜を⁉」

わざわざはじめての相手と結婚する決まりがあると強調して話していたことで、その可能性へと思い至った私が思わず声を上げる。焦ったキャサリンがガタッと音を立てて椅子から立ち上がった。

「ハッキリと口にしないでッ！　極秘事項なのよ！」

「嘘でしょ！」

キャサリンに釣られるようにして私もガタンと音を立てながら勢いよく立ち上がり、テーブルを挟んで向かい合った私達は互いにツツ、と冷や汗を流した。

「そんなお方をひとり酒場に残すなんて」

「本当に家から近かったし、それに私達は新婚でっ」

「わかるわ、新婚という魔の誘惑。私もバルフと一緒にいる時間が少しでもほしいもの」

「あんたと一緒なんて、私ったらなんてことをしてしまったのかしら」

「なんでよ！」

せっかく同意してあげたのに思い切り項垂《うなだ》れるキャサリンだが、確かにこれは項垂《うなだ》れてもおかしくないだろう。もちろんお忍びで来たのも、その酒場に呼びつけたのも王太子殿下の方で、キャサリンの夫は勤務中ではなかったのだろうが、それでも護衛騎士という立場上、彼が目を離した隙に問題が起きたのなら責任は感じるはずだ。しかもキャサリンは人探しを依頼しにきたと言っていた。

(つまり酒場に戻ってきた時には、殿下は誰かと部屋に入った後だったのね)

酒場には泊まれる部屋があるところも多い。主に飲みすぎて体調を崩した人が仮眠を取るための場所だが、一緒に飲んで盛り上がった男女が勢いのまま使う場合もある。

流石《さすが》に護衛騎士であろうとも、主人の使用している部屋に飛び込むのは憚《はばか》られたのか、ひとりで寝ているだけだと思い待っていたのかはわからない。けれどそうこうしているうちにそういった行為があり、その後女性に逃げられたのだろう。王太子殿下が素性もわからない女性と一夜をともにすることも問題だが、ベルハルトという国においてはもっと深刻だ。その逃げた女性を見つけなくては、次期国王の跡継ぎがいなくなってしまうのだから。

「……女性側ははじめてって初夜で基本わかるけど、男性側ってわからないじゃない？　なら黙っていてもらうのはダメなのかしら」

「厳しいわね。万が一漏れた場合、王家の威信が損なわれるもの」

「そうよねぇ」

(民の見本になるべき王太子が、法律を破れないものね)

ベルハルト側もそう考えているから、秘密裏に探しているのだろう。

「と、とりあえずある女性を探してるの！　国内はもう探したけど見つからないから、国外へ出た可能性が高いわ！　スタート地点と経過時間的に、考えられる範囲はこの領地くらいだから、悪いんだけど検問してもらうわよっ」

「わかったわ。ちなみにどんな女性なの？」

「確か白銀《シルバーブロンド》の髪が神々しくて、なんか全体的にクールな人外美人らしいわ」

くれぐれも頼むわよ、と念押ししたキャサリンが帰るのを見送ったあと、取り急ぎアドルフに検問を実施するように言ってから、ぼすんとソファに深く腰掛けた。

「まさかこんなことに巻き込まれるだなんて」

「いやぁ、流石《さすが》シエラ様」

他人事のように笑うクラリスをジロリと睨む。

執務で出ているバルフが一刻も早く帰ってきてくれることを願いつつ、彼女が淹れてくれた紅茶へと手を伸ばした時、突然扉がノックされて私とクラリスは顔を見合わせた。

「キャサリンってば忘れ物でもしたのかしら？」

「そんなまさか、シエラ様じゃあるまいし」

「どういう意味よ！」

クラリスの言葉にムスッと口を曲げていると、扉の向こうからカトリーヌが顔を覗かせる。

「シエラ様に至急お会いしたいとお客様がいらしております」

「私に？」

「はい。領主様にお会いしたいとのことだったのですが、バルフ様はご不在で」

だから私への面会を希望したのだろう。だが私達はまだキーファノに来たばかり。そんな私達に一体どんな用なのか。警戒しつつも領主代理として来たのだ、バルフが留守ならば私が対応すべきだと応接室へと向かい、その『客人』を見て唖然とする。

なぜなら応接室で待っていたのは、ほんのり青く輝くシルバーブロンドに、神聖な湖のようなまっ青な瞳が麗しい幻想的で妖精のような美人だったのだ。

(まさにさっきキャサリンから聞いたような見た目ね)

だがまさか、さっきの今でそんな都合のいいことが起こるわけない。そう内心言い聞かせていると、妖精に見紛うほどの美貌の彼女がさっとお辞儀をする。

所作すらも美しい彼女につい見惚れていると、ゆっくり彼女が口を開いた。

「セラフィーナ・シルヴァです。継母ざまぁに失敗して亡命してきました。匿《かくま》いがてら何かお仕事をいただけませんでしょうか」

「……なんて？」

彼女は見た目通りの麗しい美声で、すぐにはちょっと理解できない挨拶を繰り出した。

「わぁ。ちょうどよかったじゃないですか、シエラ様。ベラさんが来られず手が足りませんでしたし」

「そうね、ベラは確かに来られなかったわね」

明るく言うクラリスに頷く。幼い頃から私の専属侍女だったベラだが、王都にあるビスター公爵家の門兵と結婚し子供も産まれたばかりで、本人はついてくると言ってくれたもののキーファノへは連れてこなかった。いつか必ず専属侍女に戻ります、なんて言ってくれてはいるものの、それもまだだいぶ先になるだろう。そのため確かに私の専属侍女の枠は空いている。空いてはいるが。

「けど、ちょっと侍女にしてはキャラが濃すぎる気がするわ」

「そうですか？　どちらかといえば薄幸の美女って感じですよ」

「いやいやいやいやいや、薄幸の美女はざまぁしない、ざまぁしない！」

「えぇえ……？」

（なぜ不満そうなの！）

怪訝な顔を向けるクラリスに眩暈《めまい》を覚えつつ、私は冷静を装う。

「さ、流石《さすが》に紹介状もなく初対面の相手を侍女に雇うわけには」

そう言って断ろうとした私の脇腹をクラリスが摘まみ囁《ささや》いた。

「本当に断っていいんですか？」

「ねぇ、今私のお肉を摘まむ必要はなかったんじゃないかしら」

「経歴はしっかりアドルフ侍従長が確認してますし、何しろこの見た目ですよ」

「うっ」

確かにそうだ。キャサリンの言っていた見た目の特徴そのままの女性が目の前に現れたのだから、確認すらせず追い返すべきではないだろう。

(もちろん、素直に答えてはくれないでしょうけど)

真偽がわからない以上、ウチで雇って様子を見ながら確かめるのが得策だ。

そう思い、ひとまず侍女のひとりとして雇うことにしたのだった。

◇◇◇

「じゃあ、執務に行ってくるよ」

「ええ、無理しないでね」

領地経営に何も問題はなく、現状維持とはいうものの業務の引き継ぎや覚えなくてはいけないこと、やらなくてはならないことはもちろん多い。慣れてしまえば落ち着くだろうが、まだ来たばかりでバタついている今、相変わらずバルフは遅い時間まで働く生活をしていた。

(寂しくないわけじゃないけど)

それでも頑張っているバルフを応援したい。

「それに何と言っても、私は彼の妻だもの!」

夫を支えるのも癒すのも私だけの役目。私はいつその時が来てもいいように、この自慢のおっぱいとこの家を守らなくてはならないのである。

「それにはまず、貴女のことを教えてもらうわよ、セラフィーナ！」

領主代理夫人として少しでも威厳を取り戻すべくそう宣言した私の前に、セラフィーナが淹れた紅茶が置かれる。その紅茶を一口含み、香りの良さに驚いた。

「クラリスが淹れてくれたのより美味しいわ！」

「シエラ様!?」

「光栄でございます」

(鼻に抜ける香りまで完璧だわ。それに添えられてるのってオレンジジャムじゃない)

王都では紅茶にジャムを入れて飲んでいたが、王都より涼しいキーファノでは紅茶に混ぜず添えて出すのが基本。

(亡命って言っていたから、他国から来たんだと思うんだけれど)

もちろんキーファノと同じ紅茶の飲み方をする地域から来ただけなのかもしれないが、それでもこのマーテリルアの定番と言える王都流の飲み方ではなくキーファノという領地流の飲み方に合わせてくれたようで嬉しかった。さらには定番のベリーやりんごではなく、少し苦味のあるオレンジジャムというチョイスまで完璧だ。

「私、少しほろ苦い甘みのオレンジジャムが好きなのよね」

「それはよろしゅうございました」

偶然かもしれないし、誰かに聞いたのかもしれないが、それでも初日から覚えているなんてと思うと胸が温かくなったのだが……

「あ、違いますよ？　ご夫婦が砂吐きそうなくらい甘ったるいので、ジャムと一緒に飲む前提で苦めがいいって教えただけです」

「クラリス⁉」

私の感動をよそに、さらっと知りたくなかった経緯を聞かされてガクリと項垂《うなだ》れた時だった。

「……ふっ」

それはほんの一瞬、少しだけ。

（笑った？）

なんだかんだで緊張しどこか表情が強張っていたセラフィーナの頬が弛んだのを見て、私も釣られて頬が弛む。

「可愛いわ！　もっといっぱい笑ってちょうだい。私、セラフィーナとも仲よくなりたいもの！」

「シエラ様……」

「フィーナって呼んでもいいかしら？」

にこりと笑顔を向けてそう聞くと、少しだけ彼女の青い瞳が見開かれた。

「もちろんです」

「よろしくね、フィーナ」

聞かなくてはならないことはいっぱいあるのだが、それはひとまず置いておいて。

「ね、あとカップふたつある？　せっかくだもの、一緒に飲みましょう」

私はこの麗しの侍女と仲よくなれそうな未来にわくわくしたのだった。

庭園のテーブルに三人分の紅茶を用意すると、すかさずクラリスが席に着く。

その様子に戸惑った顔を見せたものの、促されてフィーナも座ったタイミングで私が口を開いた。

「キーファノの新しい名産品をルビーで作りたいのだけど、何かアイデアはないかしら？」

宝飾品でもいいし、ほかの物でもいい。まだ何も始まっていないからこそ、新しいアイデアの欠片でもほしくてそう尋ねる。

そんな私の真剣な思いが伝わったのか、真顔のフィーナがそっとカップを置き、すっと左手の親指と人差し指で円を作った。

（あれはお金のポーズ？　よくキャサリンがキーキー言いながらやってたやつよね）

なぜ突然そのポーズなのか混乱する私に、今度はフィーナが右手の人差し指をピンッと立てて左手で作った円に右手の人差し指をズプッと突っ込む。

「シエラ様がまず作るのは名産品ではありません、これです」

「そ、そんなお上品な顔で何をっ」

堂々としながらズポズポする指に顔が一気に熱くなるが、なんとクラリスまで頷きはじめる。

「まぁ、お世継ぎはほしいですよねぇ」

「ちゃんと励まれていますか？」

（た、確かにまだこっちに来てからそういった行為はないけれど……！）

「で、でもバルフすごく忙しそうだしっ！　妻だもの、その辺はちゃんと、疲れていない時を狙ってるっていうか……」

「逆です」

「ひぇっ⁉」

キッと力を込めた視線を向けられ思わず怯《ひる》む。

そんな私にお構いなしのフィーナは、どこか気合いを入れた様子を見せた。

「疲れている時こそ、シエラ様のおっぱいで癒すべきです」

「癒す」

今朝も早く出掛けたバルフを思い出す。昨晩も遅かったし、疲れているはずだ。だからこそ今が私のおっぱいの出番なのだろうか。

「私の専属侍女としての初仕事、ご期待ください」

気付けばその雰囲気にあっさり流された私は、自信がありそうなフィーナの様子と今晩のことを想像し、ごくりと唾を呑んだのだった。

その夜。

『ルビーの使い道は私も考えておきますので、まずはお励みください』

なんて言いながらテキパキと湯浴みさせられローズのオイルで仕上げのマッサージも受ける。

フィーナが選んでくれたのは髪色に合わせてくれたらしい赤い夜着だった。

(赤だけど、素材が柔らかいおかげか、あまりゴテゴテしていなくていいわね)

いかにもという勝負感がなく、上品で好感が持てる。彼女のセンスがいいのだろう。

「マッサージもすごく気持ちよかったし」

気になることは多々あるし確かめられていないこともある。キャサリンに頼まれたこともちろん覚えているが、まずはバルフに相談したい。ならばフィーナが言ったようにバルフを癒すことが最優先ではないだろうか。そう自分に言い聞かせた私は鏡に映った自身の姿を見てにんまりと笑う。

（本当にセンスも腕もいいわね）

心なしかいつもよりおっぱいもハリがあって頬の血色もいい。髪も艶があり、とても滑らかだ。

「早くバルフ戻ってこないかしら！」

こっそりアドルフに明日重要な予定が入っていないかも確認済みなので、多少夜更かししても問題はないだろう。つまり今晩は励み放題というやつで、つい期待で胸が高鳴る。

仕事を終わらせて一緒に夕食を取った後は再び執務室へ戻り、翌日の準備とこれからの勉強に余念がないバルフ。そんな真面目なところも最高ではあるのだが、今日はこのピカピカの自分を見てほしくて仕方なかった。

「少しくらいならいいわよね？」

ぽつりと呟いた私は、そっと薄手のローブを羽織り、こそこそと彼の執務室へ向かう。

あくまでも彼の邪魔にならないよう気を付けつつ、それでも夫婦の時間を大事にするのも必要だからと音を立てないようそっと扉を少し開けて中を覗くと、扉の前にバルフの顔があって驚いた。

「シエラ、どうかした？」

「な、なんでわかったの⁉」

「え？　いや、笑い声が廊下に響いていたからだけど」

「笑い声ですって⁉」

「あ、一応言うけどシエラのだからね？　ホラー的なのじゃないからね？」

苦笑混じりにそう言われた私は、思わず頬を膨らます。すると、さっと私の背に腕を回したバルフが軽く後退るようにして部屋に入り、そのままバタンと扉と鍵を閉めた。

「なんでそんなに薄着なの」

「へ？」

はぁ、と大きくため息を吐かれ、きょとんとする。確かに中は夜着だが、ちゃんとローブは羽織ってきたし寒さ対策もばっちりだ。不満そうなバルフの様子に首を傾げると、私の鎖骨辺りへ顔を近付けたバルフがちゅ、と首筋へ口付ける。その瞬間、チリッとした甘い刺激が走った。

「こんなに簡単に触れられる格好でここまで来たの？」

「だ、だって小さな頃からここにはよく来てたし」

それにこの姿をバルフに早く見てもらいたかったのだ。

(……けど、流石《さすが》に少しはしたなかったかしら)

言いながらしゅんと項垂《うなだ》れた時、私の耳元にバルフが顔を近付けた。

「シエラのこの姿って俺だけのだと思ってたんだけど」

重ねられたその言葉が、彼からの小さな嫉妬だと気付く。

さっきまで少し落ち込んでいたのに、たったそれだけで私の胸は高鳴った。

「もちろんバルフだけのものよ？　それにこんな時間に会うとしたら、せいぜいアドルフくらいじゃない」

「アドルフさんだけとは限らないだろ？　いつもいなくても、たまたま通るかもしれないし。ていうか、アドルフさんでもダメだけど」

「もしたまたま通ったら、どうなるの？」

「たまたま、通ったら……」

フィーナが磨いてくれた体を彼に擦り寄せるようにしながらチラッと視線を向ける。

私の気持ちが伝わったのか、それとも――

（バルフも、寂しいって思ってくれていたら嬉しい）

こくりと動いた彼の喉にゾクッとする。両腕を伸ばし彼の首に腕を回すと、引き寄せられるようにバルフも近付いた。

「んっ」

ちゅ、と軽く掠めるように唇が重なり、そのまま角度を変えて唇を啄まれる。

そんな彼の唇をそっとなぞるように舌を這わせると、すかさず彼の舌で絡め取られた。久しぶりの彼との口付けは、それだけで私を甘く痺れさせる。

「あっ、ん、……ひゃっ」

少しだけ迷うように、私の胸を彼の手のひらが軽く撫でる。私の口から嬌声が思わず漏れた。好きな人に触れられる、というその幸福感と久しぶりの刺激で私の下腹部《はら》がじわりと熱を孕む。

揉んでいる、というより触れているに近い彼の手に、胸を押し付けるように少しバルフに近付くと、そんな私の気持ちを察したのか、優しく持ち上げるように彼の手が動いた。

「……ふっ、ぁ！」

柔らかい素材の夜着に薄いローブを纏《まと》っただけだったからか、手の形も熱も伝わってくる。

もにもにと揉まれ、彼の手の中で形を変える私の胸の先端を、そっとバルフの親指が擦るように掠めた。そのまま先端をカリカリと刺激するように指先が動かされ、乳首がじんと痺れる。

「シエラのここ、尖ってきたよ」

「バカ、バカ……ッ」

くすりと囁《ささや》かれると羞恥で頬が一気に熱くなるが、それでもやめてほしくはなくて。〝もっと〟という気持ちを込めて彼の唇に自身の唇を重ねると、すぐに彼の舌が応えてくれた。

「ん、すき、バルフ……っ」

「俺もだよ、シエラ」

溢れる想いを口に出すと、ちゃんと言葉で返ってくることも嬉しい。

心も体も蕩けさせられた私が、彼の体にしなだれかかるように引っ付くと、くすりと笑った彼が優しく頭を一撫でし、頬にも軽くちゅっと口付けしてくれる、が。

「この服だと寒いだろ？　帰りは俺のジャケットも羽織ってね」

にこにことしたバルフに上着を渡され、唖然とした。

「……え？　ちょっと、バルフ？」

「うん？」

「うん？　じゃなくて」

ぽかんとしたバルフに私の方こそぽかんとする。

「ちょ、本当に不思議そうにしないでくれるかしら！」

(今絶対する流れだったわよね⁉)

愛されていると感じているし、ラブラブなのも新婚なのも間違いない。

今日はフィーナに磨いてもらってピカピカを自負しているし、さっきまでは可愛い嫉妬からのイチャラブな触れ合いをしていたはずだ。

「なのに続きはどこへいったの！」

「うえっ⁉」

しれっと執務に戻ろうとしていたらしいバルフの前に小走りで先回りした私から、少し気まずそうに視線を外される。

「まさか、勃たないの……？」

「いや勃つよ⁉　勃つけどさ！」

軽くショックを受ける私の視線が自然と彼の下半身へ移動したと気付いたバルフが、私の頬を両手で包むようにして優しく顔を上げさせる。

(隠すってことはやっぱり勃たな――……！)

「だってここ、ベッドがない」

気まずそう、改め気恥ずかしそうに視線を逸らす彼が告げたその理由に、私は再び唖然とした。

「最近シてなかったから、加減なんてできる自信がないっていうか。だからその、ベッドの方がシエラの体にも安心っていうか」

「何回戦の予定なの？」

「えぇっ⁉　いや、それはっ」

「そういうわけじゃないの？」

「その、そこは理性と戦うけど」

「戦っちゃうの」

私からの追求に、どんどんしどろもどろになるバルフが可愛い。

（よかった、ちゃんとバルフも私と同じ気持ちだったのね）

そう思うだけで、胸の奥に燻《くすぶ》っていた寂しさが溶けるような感覚になる。

「今日の仕事、終わっているのよね？」

「え？　あぁ、仕事は終わっているけど」

「明日、急ぎの仕事はないってアドルフから聞いてるわ」

（自主勉も大事なのはわかるけど、根を詰めすぎるのもよくないんだから）

「だったら！」

バルフが渡してくれた上着を羽織った私が、フィーナにピカピカにしてもらったおっぱいをわざと押し付けるようにしてバルフの腕に絡みつく。

そしてそのまま彼の腕を引き、執務室を出た。

「あの時みたいに拐《さら》っちゃうから！」

「あの時って」

(夜会からバルフを拐《さら》い、無理やり初夜に挑もうとした時はできなかったけど)

私の言葉に一瞬呆然としたバルフが、すぐにふはっと吹き出す。彼もきっと同じ日のことを思い出したのだろう。

「ほんと、シエラには敵わないな」

「こんな私は嫌かしら？」

「さぁ？　確かめてみようか」

にこりと笑い目を細めた彼の優しげな瞳の奥が、劣情を孕《はら》んでいるように見えてドキッとする。

期待と、あの時にはなかった少しの自信に胸を高鳴らせた私は、あの失敗してしまった初夜をなぞるように彼を押し倒した。

バルフの上着と一緒に薄いローブを脱いだその下は、フィーナが選んでくれた赤い夜着。

「いざ参らん、だったっけ？」

「そのセリフは忘れてほしいわね」

そしてあの時と違うのは、バルフとまっすぐ視線が絡むことと――

「ふふ、今日はちゃんと勃っていてよかったわ」

「シエラこそ、それは忘れてほしいかな」

そっとバルフの下半身に手を伸ばすと、あの時は戸惑いと緊張でしなしなとしていた彼のモノがすでに軽く芯を持ちはじめていた。服の上からそっと擦ると、組み敷いたバルフがピクリと反応する。ともに過ごした時間と向き合って積み上げた絆がちゃんとある、そう思える今が本当に幸せだ。

「……んっ」

少し上体を起こしたバルフが夜着の上から私の胸を唇で挟むようにして甘噛みする。

「シエラのここだってしっかり勃ってるね？」

「そ……っ、れは！　さっきバルフが触ったから！」

「そっかそっか。期待しちゃってたんだ？」

くすくすとおかしそうに笑うバルフは、こういう時だけ少し意地悪で。

(そんなところも好きだけど！)

でも同じくらい悔しかった。

「これ、俺のために着てくれたんだよね？」

「？」

あまりにも当たり前なことを聞かれて思わず首を傾げてしまう。

聞いたバルフ本人もそれが正解だと理解しているらしい。

「じゃあ、脱がしちゃうのはもったいないなぁ」

ニッと口角をあげるバルフに気付き、ハッとした時にはもう遅く、ぐいっと引き寄せられ彼の顔に胸を載せるような形で倒れ込む。慌てて退こうとするが、彼の腕が背中に回って動けない。

「ちょっ、おも、重いから……っ」

「へーひ」

「平気じゃないわよ！　そもそもおっぱいだけで結構な重さが、ひゃあ！」

夜着の上から乳首の辺りを執拗に舐められビクリとする。

直接ではないそのもどかしさが、彼の唾液で肌に張り付き、目に見える形で主張した。

「や……っ、ぁあ……！」

「ふふ、シエラのここがツンと尖ってるの、一目でわかるね？」

「ひゃぁんっ」

夜着が柔らかい素材だったせいで、肌に服が張り付くと簡単に形がわかってしまう。

一目でわかるようになった乳首に吸い付かれ、そのまま舌先で弾かれるが物足りない。気持ちいいけれど、それでも布を一枚挟んでいるだけで歯痒いようなもどかしさが私を襲った。

「おねが、ちゃんと」

「どうしてほしい？」

「どうって……っ」

(絶対わかって聞いてる！)

私が押し倒したんだから今更と言われればそれまでなのだが、自分からねだる行為に抵抗があった。相変わらず背中に回った腕のせいで身動きは取れず、そして動けないことをいいことに、空いている手で私の乳首を軽く指で弾いたバルフが、張り付いていない方の胸にも舌を這わせる。

彼の舐めた箇所からじわりと温かいものが染み込むように滲み、あっという間に私の両胸の形が露《あらわ》になる。服の上からの愛撫で勃ってしまった乳首が、夜着を押し上げるようにぷっくりと主張し、私の呼吸に合わせてふるりと震えた。

「シエラの胸、濡れちゃったね？」

「……濡らしたのはバルフでしょ」

「じゃあこっちが濡れてるのも俺のせい？」

「ひんっ！」

背中に回されていた手のひらがするりと腰まで下り、そのまま下半身に這わされる。下着の上から蜜壺をなぞられると、溢れた愛液がくちゅりと音を零した。

背中の拘束が外されたのに、私の体にはあまり力が入らず、彼の目の前にさらけ出してしまった胸を腕で隠すこともできない。そんな乳首に再び吸い付いたバルフは、何度も舌で捏《こ》ねながら弄《もてあそ》ぶ。

胸への愛撫に意識を向けると、すかさず私の下腹部へ這わされていた手が下着の隙間に入れられぐちゅりと指が挿入された。

「――あ！」

「久しぶりだから、いっぱい解そうね」

「や、待……っ」

くちゅくちゅと愛液を指に絡めるようにしたバルフが、私のナカを指で擦る。

「入り口らへんも好きだよね」

軽く指を曲げたバルフが膣壁を擦ると、ゾクゾクとした甘い快感が駆け巡った。

「あっ、はぁ……ん、んん……っ」

時間をかけて少しずつ奥に挿入された指がナカを蠢《うごめ》き、私から余裕を奪う。

呼吸を忘れそうなほどの快感に耐えはふはふと必死に息をしていると、バルフの指がちゅぽんと一気に抜かれた。そのまま転がるようにし体勢を入れ替え、バルフが私の足の膝裏に腕を入れて大きく開く。

「ごめん、俺もやっぱり余裕ないみたい」

「あ、っ」

ぐちゅ、と彼の熱く反ったソレがあてがわれ、ぐぷりと私のナカを押し広げるようにゆっくりと腰を進められる。少し久しぶりだったとはいえ、何度も彼を受け入れてきたからか、すぐに私のナカに馴染む。膣壁をごりごりと抉るようなゆっくりとした抽挿は、それだけで何も考えられないほどの快感を与えて全身を巡った。

「ん、シエラのナカ狭……、けど俺の形を覚えてくれてたんだってわかるよ」

「や、ぁあん」

「だって何度もシたもんね？」

「や、ダメ、はずかし……っ」

「俺達が愛し合ってる証拠だ」

「んんっ、あんっ」

私の耳元で囁《ささや》き耳朶《じだ》を食みながら、私の腰を掴んだバルフが私を揺する。

その度にぐちゅぐちゅと愛液が溢れ、粘液質の卑猥な音を部屋中に響かせて私の羞恥を煽った。

何度も奥まで貫き、最奥を突く。ナカがバルフの熱棒で抉るように擦られる度に快感で脳が痺れ、目の奥で星が散るような錯覚に陥った。

「シエラ……っ」

「あん、ぁ……っ、ばる、ばるふ……っ、ひぁっ」

子宮口の入り口を抉じ開けるようにぐぷりと奥まで突き、ズズッと引き抜いてまた奥までぱちゅんと抉る。

その快感の波で私はどんどん高められ視界が白く染まる。ずっと夜着の上から触れていた胸に手を伸ばしたバルフが、勢いよく胸元を下へズラすとぶるんとおっぱいが溢れ出た。一際奥を突かれながら、露《あらわ》になった乳首にぢゅっと強く吸い付かれると私の視界がそのまま弾けた。

「――――!」

いきなり与えられたその直接の刺激はあまりにも強く、あまりにも気持ちいい。

あっさりと達してしまった私だが、バルフは止まる様子もなく何度も腰を打ち付ける。

「あ、やぁ……っ！　イってる、イってるからぁ……っ！」

「ごめん、シエラ、もうちょっとだけ、俺ももうイくから……っ」

「あぁんっ！　ひっ」

達して敏感になっているナカを容赦なく抉られ、苦しいほどの快感に意識まで飛びそうになる。

それでも彼の妻として、彼の全てをちゃんと受け止めたいという一心で私は必死に意識を繋ぐ。

「く、シエラ、そろそろ……っ」

「あ、また、またきちゃあっ」

びゅくりと彼が私のナカで震え、じわりと熱いものが広がっていくのを感じる。バルフは私のナカで達し、その最後の一滴まで注ぐようにゆっくりと抽挿しながら劣情を放った。

「愛してる」

「ん、私も……」

汗ばんだ私の額に口付けを降らせたバルフがそっと私を抱き寄せる。

彼の腕の中で幸福を感じながら、私はそのまま目を閉じたのだった。

◇◇◇

「控えめに言って最っ高だったわ」

「それはようございました」

コホンと咳払いしながらそう伝えると、淡々とした感じでフィーナが返事をしてくれる。

いまだに興奮が冷めやらぬ私だが、久しぶりだったせいで明け方近くまで盛り上がってしまいベッドから起きれずにいた。

「マッサージいたしますので転がってください」

「転がってるわ」

「もう半回転、お願いします」

フィーナに言われるがまま全身を揉み解してもらう。少し熱いくらいに温められた手でゆっくり揉まれると、筋肉痛がかなり軽減され、体が軽くなるのがわかった。

「もう少し加減ってしてもらえなかったんですか？」

「久しぶりだったから私も、その、ね？」

「シエラ様が、欲求不満だったんですね」

「そうだけど！　でも『が』って強調しないで⁉」

「まぁ、こんなになるまで抱いている時点で旦那様もだったんでしょう」

はぁ、とわざとらしくため息を吐くフィーナは、そんな態度とは裏腹にまるで慈しむように丁寧にマッサージをしてくれている。

その天邪鬼な彼女の様子に少し微笑ましい気持ちになった反面、もしかしてあまりこういう行為にいいイメージがないのかしら？　なんて、ふと疑問が芽生えた。確かに私も初夜でバルフを押し倒した時は『したい』というより、『体だけでも』という気持ちが強かった。きっとあの夜、失敗せず最後まで営めたとしても、今ほどに気持ちよくなかったんだろうと思う。

（ちゃんと想い合っている、って実感はそれだけで気持ちよさが増す気がするし）

そしてだからこそ、時間を忘れて夢中になってしまうのだ。

「フィーナも、想い合える相手ができてその人との初夜が終わった後は、また考えが変わるかもしれないわね」

ふふ、と少し微笑ましく感じながらそう言うと、一瞬彼女のマッサージする手が止まる。

「初夜ですか。その想い合う相手との初夜はまだですが、私は処女じゃありませんよ」

「あら、そうなの……って、えぇぇ⁉」

さらりと告げられた私は驚きながらさらにベッドで半回転し彼女を見る。

「あ、ちょうどそろそろ股関節あたりを解したかったんですよ。そのままの格好でお願いします」

「ちょうどそろそろ、じゃないわ⁉　えっ、想い合う相手とはまだなのにはじめてじゃないって！」

想い合う相手とはまだなのに、すでに処女じゃない。

それはつまり、好きな人や恋人じゃない相手に捧げさせられたということかと一気に血の気が引いた。そしてそれと同時に怒りが沸いてくる。

「誰なの、私が全力でなんとかしてあげるわ」

「え、いりませんよ。もう捨てた過去です」

「捨てたんじゃなく、〝捨てさせられた〟んでしょ⁉　許さないわ、私の可愛い侍女に……！」

メラメラと燃える私に、ぽかんとするフィーナ。

そのまま首を傾げた彼女が不思議そうに口を開く。

「どうしてそこまで私なんかに？　侍女になったばかりの新参者ですよ？」

「時間は関係ないわ。私はフィーナをもう〝内側〟って決めたのよ。なら主人である私が貴方を守るのも貴方のために怒るのも当然よ！」

「そういうもの、なんですか」

少しだけ押し付けがましかったかしら、なんて不安に思ったが、唖然とした表情をしていたフィーナの口角が一瞬だけ上がったことに気付く。その小さな変化にホッとし、そして同時に必ず彼女の幸せを守ると私は心に誓った、のだが……

「ご安心を。好きな相手ではありませんでしたが、私が選んだ相手ですよ」

「へ？」

「継母ざまぁの一環です」

（継母ざまぁ！）

自己紹介で言われた濃い挨拶を思い出してハッとするが、継母ざまぁとフィーナの言う行為が繋がらない。

「ざまぁと、好きじゃないけど選んだ人との行為ってどう繋がるの？」

「私、ベルハルトの出身なんです。だから、継母が選んだあの人達に都合のいい相手ではない相手と閨《ねや》をともにしたんです。まぁ、相手選びに失敗してすごく高貴……じゃなくて厄介な相手だったので逃げたんですけど」

「やっぱり⁉」

彼女の話を聞き、フィーナがキャサリンの探している、正確にはベルハルトの王太子が探している人物である可能性がさらに高まり、ごくりと唾を呑む。

見た目の特徴が似ているだけだといいな、なんて思っていたが、これはいよいよ確認する時が来たようだ。

「ベルハルトはその、最初に閨《ねや》をともにした相手と結婚する決まりだったと思うのだけど」

「えぇ、そうです。相手にその気があれば手篭めにして結婚できるクソみたいな国ですよ」

ケッと忌々しそうに顔を歪めたフィーナにビクリとする。

そのクソみたいな国の王太子妃へリーチをかけているのだが、気付いているのだろうか。

結婚した相手が生涯自分しか知らない、という唯一無二感はロマンチックに聞こえるが、実際そこに住んでいたフィーナが言う危険性も確かにあるのだと改めて気付かされた。

「そもそも、なぜそんな法律ができたかシエラ様はご存じでしょうか？」

「え？　えっと確か、何代か前の女王陛下が夫だけを愛すると宣言なされて、それまでの側室制度が廃止になったのよね」

元々ベルハルト王室は、血筋を途絶えさせないために側妃の存在が当たり前だったのだが、史上初の女王陛下の戴冠式で、陛下本人が『彼だけを愛します』と側室を拒否した、とマーテリルアでは伝えられていた。

「その純愛に感銘を受け、その女王陛下に倣って自然とそういう風習になったって聞いたけど」

「それ、嘘ですよ」

「嘘なのっ⁉」

さらりと否定されて愕然とする。

「自然とそういう風習に？　だったらなんで法律になってんだって話です」

「そ、そう言われれば……」

「実際の歴史はそんなロマンチックなものではありません。元々ベルハルトは男性しか爵位が継げなかったんです、それはもちろん王室も」

だが、ベルハルトの歴史には確かに女王陛下がいる。

その矛盾に私が首を傾げると、フィーナがこくりと頷いた。

「側妃の産んだ王子が王太子になった、まではよかったんです。王妃様には王女様しかおりませんでしたし、実際そのための側妃でもありますからね。そしてそこで問題が発覚しました」

「ま、まさか」

「王太子殿下が、不義の子だと判明したんです」

(それって、王太子殿下が王様じゃなく別の男性との間にできた子だったたっていうこと!?)

辿り着いた答えに息を呑む私と、そんな私とは対照に平然としているフィーナ。

フィーナのその様子を見るに、どうやらベルハルトではその歴史が公然と伝わっているのだろう。

「その時の派閥は揉めたそうですよ。王家の血が一滴も混じっていない王子か、王家の血なのは間違いないが『王女』。そのどちらが相応しいのかと」

長い歴史でのイレギュラー。『例外』というのは、最初のひとつの壁がいつも高い。

(血統を考えれば王女殿下だけど)

男性にしか継承権がなかったのに、突如それを覆すには理由が必要だ。それも王太子を廃嫡して初めての女王を誕生させるならそれはなおさら。

だからこそ『保守派』ならば『言わなければバレない』血統に目を瞑ると簡単に想像できた。

「それでも、確かに史上初の女王陛下が誕生されたのよね」

「はい。その王太子殿下と結婚することで丸く治めました」

「その王太子殿下と王女様が結婚⁉」

（た、確かに事情さえ知っていれば、血は繋がっていないけれど）

しかし事情を知らない人から見れば、二人は紛れもなく異母兄妹。『禁断』と呼ばれる類《たぐ》いのものだった。

「だから、マーテリルアでは詳しく伝わってないのね」

「ご明察です。ベルハルトでは暗黙の了解として皆が口をつぐみました。口にする者もいたでしょうが、少なくともその後消えましたね、物理的に」

「物理的に⁉」

「あ、もう何代も前なので今更刺客とか……大丈夫……です、よね……？」

「ちょっと、フィーナ⁉　突然怖いこと言わないでちょうだい！」

淡々としていたフィーナが、急にとんでもない疑問を投げかけたせいで一気に肝が冷える。

「ま、まぁその、とりあえずその王家での出来事がキッカケで、『はじめて』を厳密に管理するようになったのね」

「その通りです」

頷くフィーナと、見ようによっては禁断でも愛を貫き、立派に使命を全うした女王陛下のロマンチックな逸話に私は呆然としていた。

実際ふたりに愛があったのかはわからない。それでも、結果今の平和なベルハルトが築かれたのならば、それが『最善だった』のだろう。

「これでも伯爵令嬢なんですよ。落ち目でしたけどね」

さらりと告げられるが私は特に驚かなかった。なぜなら彼女の所作ひとつひとつがとても美しく、しっかり教育されてきただろうとすでにわかっており、むしろ伯爵家ならば納得だったからだ。

「実はベルハルトの法律では離婚はできないのですが、再婚はできるんです」

「えっ⁉」

「伴侶と死別した場合だけですけどね」

彼女の説明に納得する。伴侶と死に別れたのなら、離婚せずに再婚できるだろう。

「その場合の再婚相手は初婚でも、再婚でも問題ありません。再婚なら、相手も死別している必要はありますが」

そこまで一気に話したフィーナは、ふう、と息を吐き呼吸を整えた。

「私の父が、再婚したんです。そして私に血の繋がらない母と姉ができました。継母は結婚してはじめて嫁いだシルヴァ伯爵家が落ち目だと知ったようです。お金がないと結婚後に知っても、もう離婚できません」

離婚できない、しかしお金がない。そんな状況で贅沢な暮らしをするためにお金を得るなら、娘を金持ちへと嫁がせようという結論になってもおかしくない。

それも、目の前に美しい娘がいるのだから。

「私、売られたんです。相手は婚期を逃した三十も上の未婚の貴族でした。どんなに嫌だと叫んでも、処女を奪われたら終わりです。私は結婚するしかない」

「でもお父様は実の父なのよね？　フィーナを守ってくれたり」

「していたら、私はここにいませんよ」

ずっと淡々と話していた彼女のその言葉が苦々しく響く。そんな未来から逃げるには、家を捨て、国も捨てるしかなかったのだろうと想像すると私の胸も締め付けられた。

「私は幸運でした、継母の計画を事前に知れたので対処ができたんです。いいように使われるなんて腹が立つので、先に処女を捨ててやろうと思いました。そうすれば私は継母が選んだ相手と結婚しなくて済むどころか、『金づるになれなくてごめんあそばせ！』って高笑いできると思ったんですよ」

「そ、それが継母ざまぁの正体なの」

あまりにも短絡的で浅はかな計画をケロッと説明する彼女にがくりと肩を落とす。

「なので、適当に酒場で顔だけの男を選びました。親友が電撃結婚して感傷に浸っていたのでチョロかったですね。浴びるほどお酒を飲ませて、彼が取っていた部屋で馬乗りになってやりました。婚約者もいないって言っていたのでちょうどよかったんです」

フフン、となぜか得意気になったフィーナが、左手の親指と人差し指で円を作り、右手の人差し指でその円をズプズプと貫く仕草をした。

だからその手つきはやめなさい！　と止めようか迷ったが、私はそのまま話を聞いた。

この手つきを見るの、はじめてでもなかったし。

「もちろん責任を取るつもりでしたよ。私もベルハルトの国民ですし」

あくまでも目的は継母ざまぁのための処女喪失。とはいえ、相手の童貞を奪った責任は取る気でいたらしい。

「でも、ヤってから知ったんです、相手はとても高貴な方でした。それだと本末転倒です。私を売ったあの人達を裕福にするなんて最悪なので」

「じ、じゃあその相手はどうなっちゃうの？」

「……」

無言を貫くフィーナに眩暈《めまい》を覚える。

(それってつまり、相手はもう結婚できないってことじゃない！)

しかも相手は十中八九レイモンド王太子殿下だ。

まずい、血筋が途絶えてしまう。本来ならすぐにフィーナをベルハルトへ送り返すべきだろう。本人も最初は責任を取るつもりだったらしいし、せめて書類上だけでも婚姻すれば相手の顔もたつ。婚姻後に死を偽装して亡命する手もあった。だがそれだと継母ざまぁにはならない。

フィーナのしたことは許されないとは思うが、フィーナがされたことも当然許されるべきではないのだ。

ガンガンと頭痛がするが、彼女を『内側』に決めたのは私。ならフィーナの主人として何かできないかと考えるが、すぐにいい考えなんて思い付くはずもない。ただわかるのはひとつだけ。

「相手が高貴すぎるわよぉっ！」

「はい、しくじってしまいました」

バタンとテーブルに突っ伏しながらそう叫ぶとさらりと返事され、やはりキャサリンが探しているという令嬢がフィーナであると悟る。

（しくじりのレベルが段違いだわ）

うぐぐ、と頭を悩ませていると、フィーナが突然立ち上がり、私へと頭を下げた。

「お気付きになってしまわれたのなら、シエラ様にも危険が及ぶかもしれません」

危険、と言われてドキリとする。死別で再婚できるなら、フィーナの存在と現状を知った過激派の貴族が彼女の命を狙う可能性があるからだ。

「せっかく雇っていただいたのですが、私は仕事を辞め……」

「それはダメ」

私がそう断言すると、彼女の美しくまっ青な瞳が見開かれる。

ベルハルト王室はフィーナを見つけて結婚させ、全て収めようとしているのだろう。

だからキャサリンを経由しこっそりとこの領地へと依頼が入ったのだ。荒事が起きるとしても今じゃない。

「ここにいれば、防波堤にはなってあげられるわ。まぁ相手がちょっと思ったより高貴すぎて、防波堤の強度が心配だけど」

「どうしてそこまでしてくれるのですか」

本当に不思議だ、と言わんばかりの戸惑ったフィーナの顔を見てぽかんとする。

(どうしてそこまでって……)

「だってフィーナは、もう私の〝内側〟だって言ったでしょう?」

「確かにおっしゃっていただきましたが、流石《さすが》に抱えた問題の大きさが違うと申しますか」

「えぇ? 内側か外側かの二択に大きさとか関係ないわよ」

続けた私の言葉を聞き、不思議そうな顔をしていたフィーナがさらに唖然とする。そして——

「ふふっ」

妖精のような、あまりにも可愛らしすぎる笑みが溢れた。

その笑顔は、世界一可愛いのに夜はちょっと意地悪という、最高のバランスで完成されているバルフという最愛の人がいる私ですらドキドキするほどのもの。こんなに可愛い笑顔を向けられたなら、どんな男性でもコロッと落とされてしまうわね、とつい深く頷いた。

(案外王家の威信や法律が、とかじゃなく、レイモンド殿下がフィーナに一目惚れしたから探しているのかもね)

そこまで考えた私はハッとした。

「あ、ありえるわ」

彼女を探す理由はいろいろあるだろうが、その中でも最もシンプルで最もわかりやすい理由。

レイモンド王太子殿下はその手腕で長子でもないのに王太子の座を手にしたやり手で、マーテリルアでも一目置かれていたのだ。

そんな彼が、ただ酔っただけで一線を越えることなど本当にありえるのだろうか。酔った勢いはあるだろうが、少なくとも『同意』だった可能性が高い。いろいろ規格外の多いフィーナだが、一応身体能力は普通の女性なのだから、男性が本気で拒絶すれば彼女を退けることなんて簡単なはず、多分。そうよね？

（ならばこれは、国の威信をかけての殺伐とした事後処理じゃなく、一目惚れした逃げるあの娘を掠《さら》っちゃいたい系ラブってことじゃない！）

その可能性に気付いた私の手が微かに震え、そして胸が痛いほどに高鳴った。

「わかる！　わかるわッ！　私も好きすぎてバルフを掠《さら》ったんだもの！　体だけでもって思っていたんだもの！」

わかりみが深すぎる可能性に私のトキメキが止まらない。

そう、これは継母ざまぁ（失敗）というパワーワードに隠されたラブロマンスなのだ。そう理解した私の喉がごくりと鳴る。

「うわぁ」

「言っとくけど、私はフィーナと違って夜は未遂よ」

「失礼いたしました」

引いたような顔をしたフィーナをじとりと睨みつつ、私は高鳴る鼓動を抑えた。

継母ざまぁ問題は解決していない。していないけれど、恋するふたりを引き離していいはずなどない。つまりこれから私にできること、それは。

「皆でデートしましょう」

「はい？」

そう、デートしかないのだ！

「申し訳ありませんが、ちょっと理解できません」

「あら？　デートを知らない？　好意を寄せる相手と互いに見つめ合いながら、二人だけの世界を築き、時に触れ合い、時に隠れてより仲を深めることよ」

「すみません。私の知っているデートと違うようですので、さらに理解できなくなりました」

「おかしいわね」

(フィーナ、デートしたことがないのね)

「大丈夫よ、楽しいわ。だって好意がある相手と過ごすんだもの」

「シエラ様、本当に意味がわからないのですが」

「だってフィーナ、言ってたじゃない。顔で選んだって」

つまり見た目は好みなのだ。そしてひとつクリアした先は案外近い。

(私もおっぱいで迫ったし)

ふふん、とバルフがあの失敗してしまった初夜の時に、唯一反応してくれた胸を両手で持ち上げる。私達の本当の初夜も、あの失敗した日から遠くはなかった。

「それにベルハルトの国民として責任を取るつもりだったんでしょう？　亡命した理由は継母ざまぁにならないからなら、ざまぁさえできれば、結婚相手としてアリよりのアリじゃない」

「王太子とかナシからのナシですよ」

「ちょ、口には出さなかったのに確定させるのはやめなさい」

あっさり断言するフィーナだが、でもそれはつまり〝王太子〟がナシなのであって〝レイモンド〟がナシなのではないのだ。

「チャンスをあげてほしいわ、私も似たような経験があるから」

「シエラ様」

「それに私も隣国デートとかしてみたいし」

「聞いていた以上にバカップル」

「夫婦よ」

はぁ、とやはりわざとらしくため息を吐いたフィーナは、思い切り天を見上げる。

「ま、どうせいつかは見つかりそうですし。だったら紙でも防波堤はある方がいいですよね」

「紙だって大事な資源よ」

「継母ざまぁのリベンジに繋がるかもしれないので、しゃーなしでお受けいたします」

苦笑混じりにそう言ったフィーナに、私は満面の笑顔を向けたのだった。

◇◇◇

「あ、シエラ。ちょうどよかった、呼びに行こうと思ってたんだ」

キャサリンからの依頼をこなすため、もとい国家の威信をかけた『お互いよく知って好きになってみよう作戦〜ざまぁを添えて〜』の要になる隣国トリプルデートに誘うため、バルフの執務室を訪れた私とフィーナ。

そんな私達を見たバルフが、嬉しそうにそう口を開く。

「この間言っていたルビーが届いたんだ、純度もいいよ」

「まぁ！　すごくキレイだわ」

「ふふ、やっぱり思った通り、シエラのローズブロンドによく似合うね」

にこにことしながら私の髪に重ねるようにルビーをかざす。

(だから錆《さび》色だって言ってるのに)

あまりにも彼がローズブロンドだと言い切るせいで、私までなんだか自身の髪がローズブロンドなのでは、なんて勘違いしそうになるが、私の髪はあくまでもくすんだ錆《さび》色だ。

(だけどバルフのおかげでもうこの錆《さび》色の髪が嫌いじゃないのよね)

嬉しそうに私の髪の毛を掬《すく》うバルフに胸が熱くなる。

好きな人に愛されているというのは、こんなにも幸福なのだ。

(だからこそ、フィーナにもその幸福を見つけてほしいわ。相手が現状固定されてしまっているけれど)

そんなことを考えている私に、バルフがほかのルビーもいろいろと見せてくれる。

「あら？　すごく小さいのもあるのね」

キラキラと輝く石の中には、もちろんイヤリングやネックレスに加工できそうな大きさのものもあるが、私が気になったのはそれよりも小さな石達。石というより砂に近く、そのサイズは一、二ミリくらいだった。

「一応どんなものがどれくらい取れるか知りたかったから、一通り持ってきてもらったんだ」

宝飾品にするにはあまりに小さいそのルビーは、加工用途がすぐに思い付かないらしい。バルフが少しだけ眉を下げる。

（なるべく純度が高く大きなものを加工するのが一般的だものね）

宝石といえばその輝きもさることながら、大きさも重要。特にマーテリルアでは大きければ大きいほどいい、とされているため、こういったいわゆる『くず石』と呼ばれる類いのものはあまり市場には出回らない。

でも、このルビーはバルフが私のためにと手に入れてくれた鉱山から出たものだ。そう思うと、この小さな欠片すらも愛おしく感じてしまう。

「この小さな石達、全部私にくれるかしら？　何かできないか考えてみたいの！」

「もちろん構わないよ」

「ではお部屋にお運びします」

私の言葉にすぐ頷いてくれたバルフ。

そして彼が頷いたのを見て、すかさず近くに来たフィーナが石の載ったトレイを受け取って部屋から出ようとする。

その様子にハッとした私が慌てて声をかけた。

「ち、ちょっと待ってくれるかしら！」

制止する私をバルフが不思議そうに見る。

「まず、この間キャサリンが来たのは知っているわよね」

「うん、アドルフさんから報告はもらったよ」

「じゃあ、ベルハルトの婚姻事情は知ってるかしら」

「確か、はじめての相手と結婚する風習があるんだよね」

流石《さすが》、神から授けられし叡智を司った天使のごときバルフ。

彼の博識さにきゅんと鳴る胸が苦しいくらいだ。揉まれすぎてサイズアップしたのかも。

「そうなの、そして先日レイモンド王太子殿下が、ある令嬢と一晩をともにされたわ」

「え！」

私の言葉に驚いたバルフが、落ち着くためかフィーナが淹れてくれた紅茶を一口飲む。その色気にあてられそうになった私も紅茶で喉を潤し、なるべく冷静に聞こえるように言葉を重ねた。

「けれど、その令嬢が行方を眩《くら》ましたらしいの。キャサリンが来た理由は、キーファノを出る女性を検問してほしいという依頼だったわ」

「それって、まさかこの領地に……？」

オリーブ色の瞳を見開いたバルフが、少し焦ったように私に質問をする。

そんな彼に、私はゆっくりと頷き返す。

「むしろここにいるわ。フィーナよ」

「しくじりました」

「どっ、えっ⁉　ど、どんなしくじり……⁉」

ハッキリそう断言すると、バルフが狼狽《うろた》えた。

（やだ、慌てるバルフもいいわね）

「聞かなかったことにすることは？」

「できないわ」

私の返事を聞いたバルフが、ふぅ、と小さく息を吐く。

「それとね」

「ま、まだ何かあるの？」

「実は、継母ざまぁをしなくちゃダメなの」

「え」

恐らく聞いたことのない単語だったからだろう、あんぐりとバルフが口を開けて固まってしまう。

（わかるわ、私もはじめて聞いた時、そうなったもの）

そんな彼に内心激しく同意しつつ、私は説明を続けた。

「ざまぁしないと嫁がないってフィーナが言うのよ」

「そんな理由で王太子から逃げたの⁉　あ、でもざまぁすれば嫁ぐ気はあるのか……」

「金づるになれなくてごめんあそばせ！　と笑うのが夢なので」

「ひどい夢だね⁉」

思い思いの言葉を口にした私達は、その言葉達を受け止めるべく一度口を閉じる。

「それに、フィーナにも恋をしてほしい。私がバルフを好きになって幸せになれたみたいに、フィーナにもそう思ってほしいの」

「相手は一択だけど」

「ざまぁリベンジマッチを希望します」

「だから、まずはお互いのことを知るところから始めるべきだと思うのよ！」

得意気にそう断言する私と、とんでもない願いを口にするフィーナを交互に見て、バルフが諦めたように頷いた。

(快諾ね！)

ならば残るはキャサリン達のみ。キャサリンだけなら前回同様手紙を持参して反応を楽しむのだが、流石《さすが》に一国の王太子のスケジュールを当日に、は厳しいだろう。

そう結論付けた私は、キャサリンに宛てた手紙を書くためにペンを取ったのだった。


「ねぇ、私は成長を褒めたらいいの？　退化を叱ればいいの？」

「あら、褒められる一択だと思ったのだけれど」

国境の境目でもある正門前で、顔をまっ赤にして腕組みをするキャサリンにそう言ってやると、さらにキーキー喚き出す。

（でも、ちゃんと迎えには来てくれちゃうのよねぇ）

「ちょっと⁉　何笑ってんのよッ！」

「微笑ましくなっちゃって」

「どーいう意味よっ！　怒ってんのよ、こっちはぁ！」

「褒めてって言ってるわよ、私は」

「誰が褒めるかっ！」

訪問する旨を書いた手紙を事前に送った私は、ビスター公爵家の馬車に乗ってバルフ、そしてフィーナとともに隣国ベルハルトに来ていた。

「ちゃんと訪問の手紙、送ったじゃない」

「えぇ、そうね！　成長ポイントよね！　けど内容が成長どころか退化なのよっ、『王太子殿下の予定もあけるべし』ってなんなのよっ⁉　私は秘書でも側近でもなんでもないのよっ！　追記ででかいの、突っ込むな！」

「で、あけてくれたのかしら」

子犬のように騒ぐキャサリンを放置し、同じく彼女を眺めるだけだった隣の男性……キャサリンの夫であるガルシア・ディートヘルム卿へ視線を移すと、彼が奥の馬車へと目をやり、頷くのを見て安堵する。そして、ガルシア卿に向き直った私も、大きく頷いて視線を馬車に送った。

直接的な言葉は何も言わず、緊張感を持ちながら確認し合う様はまるで闇取引でもしているような気分になる。

「じゃあ、行きましょうか、デートに……！」

「あぁ、よろしく頼む。デートを……！」

しかし私達は闇取引に来たのではなく、あくまでもデートのため、そして恋のキューピッド役なのである。

「護衛はいるのかな？」

私の隣に立っていたバルフがキョロキョロと見回しそう聞くと、ガルシア卿が首を振った。

キャサリンが補足するように小声で言う。

「護衛はガルシアだけよ。お忍び……っていうか、一応まだ極秘情報だから乗っていただいてる馬車も我が家のだし」

「あら、キャサリンの馬車があるのね」

「バカにしてるわね!?　あるわよ！　できたわよ！　あんたほど裕福じゃないけど、一度飲んだ茶葉を干してまた飲むなんてことしなくてよくなったわよ！」

「だからあんなに香りが薄かったの」

「お黙りなさい！」

（お忍びってことは、平民の格好をしてるってことよね？）

予想していた服装だったことに安堵しつつ、私がバルフに頷くと彼が御者に合図を送る。カチャリと馬車の扉が開いて現れたのは、落ち着いたレモンイエローのワンピースを纏《まと》ったフィーナだった。

「改めて紹介するわ。私の専属侍女で、おそらく殿下がお探しになってらっしゃる、しくじりレディよ」

「セラフィーナ・シルヴァです。不本意ながらしゃーなしで来ました、よろしくお願いします」

「不本意って言ってるけど、どうなってんのよっ！　喜びなさいよっ！」

騒ぐキャサリンを無視し、彼女が馬車から降りた時、ガチャンという音とともにディートヘルム家の馬車の扉が勢いよく開いた。

中から少し長めの銀髪をひとつに纏《まと》め、前髪を横に流している黄緑色の瞳をした青年――レイモンド殿下が飛び出してくる。彼の頬が少し上気しているのは見間違いではないだろう。

（やっぱり『当たり』なのね）

ここでは目立つからと移動した私達は、あえて広場のベンチに集合する。

木を隠すには森作戦だ。

「とりあえず呼び名を決めましょう」

「フルネームで呼ぶわけにはいきませんから」

私の言葉を補足するようにバルフが続けて口を開く。

まぁ、フルネームがまずいのはひとりだけなのだが、しかし愛称呼びというのは親しさの第一歩。ゆっくり愛を育んでほしい気持ちはもちろんあるが、アドルフに領地を任せてきている以上、私達にもあまり時間がないのも確かだった。

（フィーナには短期決戦で恋に落ちてもらうわよ！）

「ガルシアだ」

「キャサリンよ」

「愛称はキャシーだったかしら？」

「リジーでもいいね」

「キャサリンよ！」

私の悪ノリに意外にもレイモンド殿下が乗ってくる。

どうやら彼は案外お茶目な人のようだ。

（それでいて仕事もできるんだから、優良物件よね）

もちろんバルフほどではないけれど、なんて考えているとバルフがそっと片手を上げる。

「バルフです。そして妻のシエラです、俺達もそのまま本名で問題ないかと」

「はうっ」

（妻……！）

当たり前に出るその総称に胸が熱くなる。名実ともに妻。

それは当然の事実ではあるが、直接バルフの口から改めて言われると嬉しくて堪らない。じわりと頬が熱くなったのを誤魔化すようにこほんと小さく咳払いをした私は、フィーナへ視線を移す。

今なら勇気百倍だ。

「私の専属侍女のセラフィーナよ。今日は専属侍女としての仕事をさせるつもりはないけれど、私の侍女であることに変わりないわ。彼女に何かあったら、ビスター公爵家が黙ってないことを忘れないで」

「どんだけ強気なのよ、あんたは……」

はぁ、とキャサリンが少し呆れた表情を浮かべるが、ここは当然引けない一線。バルフを拐《さら》った私が言うのもアレだが、いくら相手が一国の王太子であろうとも、フィーナの気持ちを最優先するつもりである。

「最後は俺だね。というかフルネームがまずいのは俺だよね。レイでお願いしようかな？　変に敬語とか使われちゃうと目を引く可能性があるから、自然な話し口調でお願いするよ」

そう口にしたレイモンド王太子殿下、いやレイに私達が頷く。

一通り自己紹介をした私達の次なる問題は『どこに行くのか』だ。

（そもそも六人も集まって歩いてたら目立つわね）

だがバラけるわけにもいかない。お忍びで来ているレイモンド殿下の護衛は、現状キャサリンの夫であるガルシア卿だけだし、フィーナと仲を深めてほしいが、私達が離れたらフィーナもこちらについてくるだろう。

（というか、この状況でフィーナをひとりにするなんて、主人である私がするのはありえないわ）

「いっそ市場まで出ませんか？」

私達がうぅん、と悩んでいるとおずおずとバルフが提案する。

「城下町だとお忍び貴族も多いですし、この人数です。注目が集まればレイモ……、レイのお顔で気付かれる可能性も高いですし、ならいっそ、平民街まで行くのもいいかと思います」

「でも、危険じゃないかしら？」

貴族の多い場所なら衛兵の見回りも多い。対して平民街は、自由だからこその危険もある。

「大丈夫だよ、買い付けで何度か来たことがあるけど、治安は問題なかったし。それにそこなら比較的大人数でも注目は集めないはずだ」

「ベルハルトは貧民街を作らないことを第一にしているからね」

「確かに平民街ならば、我々の顔を知らない人がほとんどだからな。万一注目を集めても気付かれないだろう」

少し不安になった私を落ち着かせるようにバルフがそう説明し、彼に続くように皆も捕足する。

「じゃあとりあえず場所は決まったわね？」

キャサリンの一言に私を含め皆が頷き、とうとうこのキューピッド大作戦が始まったが……

「ねぇバルフッ！　これ、これは何かしら？」

「ん？　あぁ、それはパンの耳をカリカリに焼いて作ったお菓子だね」

「パンの耳を焼くの!?　パンに耳があるの!?」

「ふふ、買ってみようか。すみません、ひとつください」

商品や食べ物が箱などに入っていない状態で並べられている様子はなんだか珍しくてはしゃいでしまう。そんな私のためにお菓子を買ってくれたバルフが、そのお菓子をひとつ摘まんで私の口に入れた。

「甘いわっ」

「美味しい？」

にこにこと笑顔を向けられ、こくこくと何度も頷くと、もうひとつお菓子を摘まんで私の前に差し出してくれる。

過保護だと思う反面、好きな人に甘やかされる幸せに浸りつつ私はまた口を開き――

「はぁっ、何これ、今何見せられてんのぉ？」

「なんだ、キャサリンにもしてやろうか」

「あんたのキャラじゃないでしょ！」

騒ぐキャサリン達の声を聞いてハッとした。

（しまった、私がデートを楽しんでいる場合じゃなかったわ）

慌てて後ろを見ると、キャサリン達らしくいちゃついている姿と少し距離を開けて立つ殿下とフィーナ。元々口数の多くない彼女を口説きたいなら、殿下側から話を振って少しずつ仲を深めなくては進展なんてありえないのに、そのよそよそしい様子に唖然とした。これでは私達のデートに付き添っているだけである。

無言の二人に少し焦った私は、なんとか話を盛り上げるべくフィーナに話を振った。

「フィーナ！　何かやりたいことってないかしら？　今日は初デートなんだから」

「私、ですか？」

突然話を振られて驚いたのか、目を丸くして瞬かせたフィーナが顔色を窺うようにちらりと殿下を見ると、殿下は優しく微笑んで頷く。

（あら。ぎこちないけど、上手くやれてるんじゃない）

初々しいふたりにどこか微笑ましい気持ちになる。

キャサリン達も同じ気持ちだったのか、ほっと息を吐いていた。

「なら私、やりたいことがあるんです」

「えぇ！　それを皆でやりましょう！」

私が快諾するとフィーナの表情が明るくなり、あるお店を指さす。そこは宝飾品の加工を行うお店のようだった。

「ここで私、アクセサリーを作りたいです」

「いいわね。早速六人分のカタログを持って来てくれるかしら」

意気揚々と店内に入り、そう店主へ告げると、なぜか戸惑いの表情を浮かべられた。

戸惑う店主を見て、カタログからオーダーするのではなく、職人と直接打ち合わせをして作る方式だったのかもしれないと思い直し、再び口を開く。

「なら今すぐ職人を呼んでくださる？」

「職人を、ですか」

「？」

歯切れの悪い店主に首を傾げると、そっとバルフが私に耳打ちをした。

「多分俺達が自分の手で作るってことだと思うよ」

「自分の手で？」

「職業体験、みたいなものかな」

「私達が職人になるってこと⁉」

「体験だけどね」

あまりにも自分と無縁の世界だったせいで、そんな遊びがあるなんて想像もしなかった。だが、以前バルフがオーダーメイドで指輪を作ってくれてすごく嬉しかったのを思い出す。今度は自らの手で作るのだと思うと、確かに楽しそうだ。

（それにルビーの加工にも悩んでいたし）

「えーっと、それでどうなされますか？」

「やるわ！　皆もいいわよね？」

「へぇへぇ、どおっせ、私達には拒否権ないんでしょぉ？」

仕方ない、という雰囲気を出しながらもそわそわするキャサリンに苦笑しつつ、私達はそのままお店の工場に案内してもらった。

「それにしても自分で作る宝飾品店だなんてよく見つけたわね」

「はい。何度か働きに来てたんです」

「は、働いてたの⁉」

さらりと告げるフィーナの言葉に唖然とする。

財政が逼迫《ひっぱく》していたようだが、彼女は一応伯爵家出身だったはずだ。

「そもそもシルヴァ伯爵家が窮迫してたのは、父が裕福だった頃のように散財していたからです。

それを補うために母と内職をしていました」

「な、内職」

「いろいろやりましたよ。下請けの立場なので、納品先は平民街のお店が多かったんです。だから
この辺りには詳しくて」

なぜか生き生きと語られるその過去にたじろぐと、わずかに口角をあげたフィーナが私をまっす
ぐ射貫くように見つめた。

「完成したら売っていいですか」

「初デートの思い出なのに！」

そしてその発言にくらりと眩暈《めまい》を覚えていると、目の前に親指の爪ほどのシルバーの塊となぜか
ハンマーが置かれる。

「……え？」

(こ、こんなの握ったことないわよ)

これでもこの二十年間公爵令嬢として生きてきたのだ。ハンマーを握る機会なんてあるはずもな
く、戸惑いながらチラッと隣を見ると、堂々とハンマーを握るバルフが目に飛び込んできた。

(この状況に戸惑わず対応できるなんて、格好いいわ)

「シエラ、どうかし……」

思わずきゅんと高鳴る胸を抑える。私の様子に気付いた彼が少し心配そうに顔を覗き込んできた。

「はぁっ！　たぁっのしー！　はぁぁっ！　たぁっのしぃぃー！」

「っ⁉」

突如高笑いしながらキャサリンがシルバーをハンマーで叩きはじめた。

その異様な光景に思わず言葉を失う。ストレスかしら。

「……ふんっ、こんなもんかしらね」

「ふはっ、なかなかやるな。俺も負けるわけにはいかない」

「ちょっと。張り合ってこないでくれる、ガルシア！」

歪《いびつ》に伸ばされたシルバーを掲げたキャサリンを見て闘争心に火をつけられたのか、ガルシア卿がぎゅっとハンマーを握ったと思うと先ほどのキャサリンのようにシルバーを叩き始めた。

「シエラ、手を怪我しないようにゆっくり叩いてね。ほら、シルバーは軟らかいから簡単に引き延ばせるよ」

「え。まさかキャサリンのアレ、正解なの？」

「正解だね」

にこにこと説明しながらバルフがゆっくりやって見せる。バルフの言う通りに少しずつ力を込めて叩くと、力の入り具合で表面がデコボコしながら、コインのように引き延ばされていく。

(すごいわ、歪《いびつ》だからこそキラキラするのね！)

その表面がそれぞれ光を反射し輝いて見えて嬉しくなる。いつの間にか目的を忘れて楽しんでいたことに気付き、慌ててフィーナの方へ視線を向けた。

「い、歪《いびつ》さはどこ……？」

視線の先のフィーナのシルバーは、まさに職人技と思うほどまっ平らに伸ばされ、鏡のようになっており、私はぽかんと口を開けてしまう。

対して殿下は、誰よりも歪《いびつ》で不格好だった。彼の身分を考えれば、それは当たり前のことだろう。

「こ、こう、かな？」

「下手ですね。シエラ様ですらもう少しマシにできるかと思いますけど」

(ちょっと!?)

口から出そうになる文句を必死に呑み込み、そのままふたりのやり取りを眺める。

「こんな感じでどうだろう？」

「まぁさっきより幾分マシになったんではないで……、あ」

「えっ、ちょ、もしかして俺、今致命的な失敗した？」

「……いえ」

「間！」

(なんだ、ちゃんと話せているじゃない)

いい感じかどうかは微妙だが、それでも最初のよそよそしさは大分落ち着いたようで一安心だ。

それぞれ伸ばしたシルバーをブローチに加工してもらい各自受け取る。約一名を除き、買ったものとは比べ物にならない歪《いびつ》で不格好なもので、金銭的価値なんて見出せない。ない、けれど。

「あんまり上手くできなかったんだけど、俺のを貰ってくれるかな？」

「バルフ！　嬉しい、あの、私のも貰ってくれる？」

少し恥ずかしそうにバルフが作ったブローチを渡される。手のひらに載ったそれは、彼の言う通りどこか歪《いびつ》で、だけど『私のためにバルフが作ってくれた』世界にひとつだけのものだった。

「あぁ、もちろんだ。大事にするね、シエラ」

「えぇ！」

『バルフのために私が作った』ブローチを受け取った彼の顔が、花が綻ぶようにふわりと緩み、私からも笑顔が溢れる。

「……これ、ガルシアにあげるわ」

「なんだ、あいつらが羨ましくなったのか？」

「そんなわけないでしょ!?　失敗したから仕方なく、よ！」

「そうか。ならありがたく貰っておこう。ほら」

「え、何。ガルシアのくれるの？」

「俺はなかなか上手くできたからな。だからキャサリンにやろう」

「な、何よっ!?　わた、私とそんなに変わらない出来ですけどぉ!?」

ふと気付くとキャサリン達も交換していて微笑ましい気持ちになる。

（フィーナ達はどうかしら）

売ってもいいか、なんて言っていたフィーナ。私やキャサリン達は夫婦だが、彼女達は違う。流石《さすが》にこのふたりが交換なんてことにはならないだろうと思いつつ、ふたりの様子をこっそりと窺うと、なんと殿下がフィーナへと手渡している瞬間だった。

「これ、貰ってくれないかな？」

「私のは差し上げませんけど」

(フィーナぁぁあ！)

勇気を出しただろう殿下に、まさかの返事。

彼女の主人として思わず頭を抱えたくなるが、ふふっと小さく殿下が笑みを溢す。

「あぁ、売るって言っていたもんね。ほしいんじゃなくて、貰ってほしいだけだから、受け取ってくれると嬉しいんだけど、どうかな？」

「そういうこと、でしたら」

共同作業が効いたのか、トリプルデートの開始時より落ち着かれている殿下にホッとする。それに。

「ありがとう、ございます」

「んっ！」

ぽつりと呟かれた彼女のお礼に、ぎゅっと自身の心を掴まれた殿下が小さな呻き声を上げた。

私は思わず苦笑を漏らす。

(至近距離での照れながら告げられるお礼は、グッとくるわよね)

私ですら何度も心を掴まれたのだ。殿下が呻いても何も不思議はない。

「どうかされましたか！　まさか、毒……っ」

「いつ何に誰がどうやって盛るのよ、バカァッ！」

「いや、問題ない、ふはっ、問題ないから」

そんな甘酸っぱい空気を壊すようにガルシア卿と、そんな彼を止めるためにキャサリンが飛び込む。きゃいきゃいと騒ぐ彼らに、私とバルフは顔を見合わせてぷっと吹き出した。

(こういう言い合いを見てると、年よりずっと幼く見えるわね)

外交で見る時よりもずっと楽しそうで、彼らの本質はきっとこちらなのだろう。そんなやり取りを微笑ましく思っていた時だった。

「ふふっ」

「セラフィーナ?」

「いえ。なんでも」

釣られて笑ったのが恥ずかしかったのか、はたまた悔しかったのか。プイッと顔を逸らしたフィーナも、いつもより少し幼く見える。相手は固定だし選択肢はほかにないけれど、案外いいカップルになるのかもしれない、なんて私はやはり微笑ましく見守った。


「そろそろお腹がすいてきたわね」

私がそう零《こぼ》すと、どうやら皆もそうだったらしい。

「そうだね、そろそろ時間もお昼時だし、何か食べようか?」

「でもこの辺で店内で食べられるところって酒屋ばかりなのよねぇ」

「「ッ」」

酒屋、と聞いてビクリと肩を震わせる約二名——は置いておいて、私はバルフをちらりと見る。

「期待に応えたいのはやまやまなんだけど、買い付けって荷物も多いし、いろんなお店を回るからゆっくり食事を取ったことないんだ」

「そんな」

バルフならいい店を知っているのでは、と思ったのだが、予想外の返事に唖然とする。

「もしかして、飲まず食わずで仕事を!?」

「それは大丈夫、倒れたら大変だしね。移動しながら食べられる出店で食べてたよ」

仕事に根を詰めるタイプのバルフだ。そのありえすぎる事実に私は焦るが、流石《さすが》にそこまではなかったようでホッとする。そして先ほど食べさせてもらった甘いパンの耳を思い出してぱぁっと気分が明るくなった。

「あのラスクってやつね?」

「ふふ、そうだね。まぁ、食事だから串焼きみたいなのとか……パンにお肉を挟んだものとかも食べてたかな」

「まぁ、サンドイッチにお肉を……?」

「サンドイッチというより、パンのまん中に切れ込みを入れてかぶりつくって感じのだけどね」

貴族として生きてきた私には少しはしたなく、普通なら人目のある外でなんて考えられない。

(でも、バルフもそうやって食べてたのよね?)

普段から落ち着き、冷静な彼がワイルドにかぶりつき口元を拭う。そんな姿が脳内に浮かび、ごくりと唾を呑んだ。

「み、見たい……じゃなくて、私も食べてみたいわ」

「ん？　じゃあシエラが好きそうなもの、何か探しに行こうか」

「ほんと？」

「はあぁっ、こっちの意見っ！」

「あら。キャサリンはどこか行きたいとこがあったのかしら」

「屋台でいいわよぉッ！」

相変わらずのキャサリンと、最初より少しだけ立ち位置が近くなったフィーナ達とともに、再び元の場所に戻るべく歩みを進めた時だった。

「セラフィーナ？」

私達の誰の声でもない、どこか甲高い声が聞こえて思わず振り向く。そこには焦茶の髪をした女性が立っていた。

「お義姉様」

(フィーナの義姉!?)

継母ざまぁにあれだけ拘っていたフィーナ。

そんな継母の連れ子である姉は、フィーナにとってどのような女性だったのか。

「ちょっと、突然いなくなったと思ったら何なのよ、その服？」

「引っ張らないでください」

「というか、本当にどこに行ってたわけ⁉　アンタが突然消えるから、手に入るはずだったお金が入らなくて最悪だったんだけど！」

ガクガクとフィーナの肩をゆする姿を見てカッと頭に血が上る。

（どんな存在？　そんなの、フィーナが亡命を選んだ時点でわかりきってるわ！）

「貴女こそ突然……っ」

「そういうのは、ちょっと見すごせないかな」

「はぁ？　何よ、急に横から！」

（レイモンド殿下！）

怒りに任せてフィーナと義姉の間に割り込もうとした私より早く、レイモンド殿下が義姉の腕を掴んで止める。いきなり平民の格好をした男性に腕を掴まれたからか、掴んだ腕を振り払うように義姉がフィーナから後退った。

「な、何よあんた……？　案外生地はいい服みたいだけど」

殿下のお顔を知らない様子の義姉の言葉に呆然とするが、彼女はシルヴァ伯爵家の内情も知らずに結婚した人の娘だったと思い出す。周りに目を向けず、楽しいことだけを見るタイプ。末端貴族の中にはそういった人も一定数いる。

お金目当てで結婚したのに相手の懐事情すら調べなかったのならば、自分とかけ離れた王族なんて存在に興味を示さないなんてこともありえるわ、と私は納得した。

（まぁ、平民街に護衛らしい護衛も付けず王太子が歩いてるなんて、思いもしないだけかもしれな

いけれど）

「それ、お義姉様に関係ありますか」

「セラフィーナ？」

そんな義姉とレイモンド殿下の間を割るように、今度はフィーナが前に出る。

「何よ。いつも何も言わなかったアンタが文句でも言うっての？」

「別に文句はありませんが」

はぁ、とフィーナが深くため息を吐くと、そんな彼女に苛立ったのか義姉の眉がピクリと動いた。

「ただ愚かだな、と」

「なんですって⁉」

「お金がないから、今ここにいるんですよね」

「アンタが逃げるから、私がアンタのやってた内職なんかをさせられるハメになったのよ！」

「私のやっていた内職を？　お義姉様にできるなんて思いませんね、繊細じゃないですもの」

「アンタが一番図太いでしょ！」

（……え）

怒鳴り合う姉妹のやり取りに、私を含め皆がぽかんとする。

「一方的に搾取されていたのかと思ってたのだけど……」

「どちらかと言えば彼女の方が強いというか、翻弄してる……かな」

完全に煽っているフィーナは、傷つくどころか生き生きして見えるほど。

突然腕を掴まれた時はヒヤッとしたが、格は完全にフィーナの方が何倍も上だった。

(だから義姉はざまぁの対象に選ばれなかったのかしら?)

いや、この様子なら継母も口だけで蹂躙《じゅうりん》してそうね、なんて思わず想像すると少しおかしい。そしてそれと同時に悲しくもなった。口で勝てないならば、強行手段しかない。だから彼女は突然閨《ねや》へと放り込まれそうになったのだろう。もしそうだったなら自分ではどうしようもない力で強要される未来に、フィーナがどれほど絶望しただろうと胸が締め付けられた。

「は? なにこれ」

「やめてッ!」

私の思考を止めるようにフィーナの叫び声が響く。反射的に彼女の元に走り出そうとした私をバルフが止めた。

「なんで……っ」

止められたことが納得できず、バルフを見上げると彼は私以上に眉をひそめ真剣な顔で彼女達を見ている。そんなバルフの視線を追うように目をやると、フィーナが大事に持っていた殿下のブローチを、彼女の義姉が取り上げたところだった。

「銀貨かと思ったらただのシルバープレートじゃない。しかも歪《いびつ》だし」

「返して」

興味がなさそうに殿下の作ったブローチを見ていた義姉だが、フィーナの反応に気をよくしたのだろう、わざとブローチを地面に落とした。カンカンと地面に転がるブローチを嘲笑うかのように一瞥《いちべつ》した義姉が、フィーナの前でぐしゃりと踏みつける。

「っ！」

怒りを露《あらわ》にしたフィーナがそのままの勢いで義姉の方に踏み出すと、それを引き留めるようにレイモンド殿下がフィーナを義姉から隠すように庇う。

「はぁ？　何よ、その男からのプレゼントだったわけ？　こんな粗末なものしか買えないような男に捕まるなんて本当にアンタって愚かよね」

その人王太子だけどね！　と、怒鳴りつけてやりたい気持ちを必死に抑えて横を見た。そこには主君をバカにされて怒りで手が震えているガルシア卿と、そんなガルシア卿の腕にしがみつきながらも自身の怒りを抑えきれずまっ赤な顔で鼻息を荒くするキャサリンがいた。

いつでも踏み込める距離で、必死に見守る。

「お母様が薦める男に嫁いでいれば、お金だけはあったのに」

「だったらお義姉様が嫁げばよかったのでは」

「なんで私が？　絶対嫌よ、デブの年寄りなんて。そういうのはアンタがお似合いじゃない」

「そうですか？　お義姉様の方がお似合いですよ、心も顔も不細工ですし」

「なっ！」

怒りを堪えているのだろう。フィーナの声がわずかに震え、そして怒りのまま義姉を煽る。まずい、と思った時には遅かった。

——バチンッ！

その場に乾いた音が響き、どこから出したのかガルシア卿が剣を抜く。

そんな彼を片手で制した殿下がフィーナへ向き直る。

「レ、レイッ」

「ん。セラフィーナは痛いとこない？」

フィーナを庇って顔を思い切り平手打ちされたレイモンド殿下と、そんな殿下を見て顔をまっ青にするフィーナ。

「貴様！」

そして護衛も兼ねていたガルシア卿が思い切り怒鳴りつけると、流石《さすが》に分が悪いと思ったのか単純に怖かったのか、ビクリと肩を揺らしたフィーナの義姉が、フン、と鼻を鳴らして逃げるように去っていく。

「口から血が……っ」

「指輪か何かが当たったのかもしれないな」

ちらりと見えた殿下の口元に血が滲んでいるのを見て私も血の気が引く。

そんな私を落ち着かせるようにポンポンと背中を優しくバルフが叩いてくれた。

「アンタは場所を移動させて！　私はハンカチ濡らしてくるから！」

「あぁ」

バッと踵を返して走り出したキャサリンと、周囲を警戒しながら人の少なそうな場所を探すべく辺りを見回すガルシア卿。

「あーあ、まぁ歪《いびつ》なのは確かだった。でも俺なりに頑張って作ったんだけどな」

「殿下」

「今はレイ、でしょ？」

「レイ」

フィーナの義姉が踏みつけ、ぐにゃりと曲がってしまったシルバープレートのブローチを拾う殿下と、そんな殿下の前で半泣きになっているフィーナがそこにいた。

「俺も、このブローチも格好つかないな」

わざとらしいくらい明るく笑い飛ばした殿下が、そっとそのブローチを自身のポケットに入れようとすると、フィーナがすかさずその腕を掴んだ。

「私にくださると言いました」

「でもこれは、もう曲がって……」

「私なら直せます。それにそのブローチは、もう……私の、です」

一瞬ぽかんとした殿下が、しかしどこか嬉しそうにそっと壊れたブローチを差し出した。

「ありがとう……、レイ」

「こちらこそ、セラフィーナ」

「でも、私やっぱりレイと結婚できません」

「そっか、なら仕方ないね」

フィーナのその返事を、ふっと笑顔で受け入れる。そこへキャサリンとガルシア卿が合流した。

「とりあえず移動しましょう。これ以上注目を浴びるのはまずいです」

「これで傷口を押さえてください！」

「俺達も移動しよう、シエラ」

（どうして、フィーナ……）

私もバルフに支えられながらついていく。


ガルシア卿の案内で来たのは、少し大通りから離れた路地の一角。階段に腰かけるようにして座る私達は正直通行人からすれば邪魔なのだが、幸か不幸か酒場の近くという場所柄か、昼過ぎの今は誰もいない。そして誰もいないからこそフィーナ達の声が通り、私達にも聞こえていた。

「バカップルならぬバカ夫婦なシエラ様達を見て、無条件で愛せる相手がいて素敵だと思いました」

「あぁ」

「文句を言い合いながらも、信頼しているからこそ素の自分でいられるキャサリン様達を見て羨ましくなりました」

「あぁ」

幸いにも殿下の傷口は口の端を少し切っただけのようで、医師に見せるほどではなく安堵する。

「言ったかもしれませんが、父は浪費家でした」

ぽつりぽつりと語られるフィーナの過去。

聞き耳を立てているようで申し訳ないが、人通りがなくとも一国の王太子を残し離れるわけにもいかず、せめてふたりの話を邪魔しないよう私達はただ黙っていた。

「私は母と必死で働き、母は過労死しました。新しく来た継母は経済状況を知ってアテが外れ、私を売りました。義姉は私を道具だと思っています」

「あぁ」

「だから私はざまぁしてやろうと思って、レイを利用しました」

「あぁ」

前にも聞いた内容。同じはずなのに、今度はフィーナの苦しさが伝わってくるようで胸が痛い。

「許してくださらなくて、構いません」

「そもそも怒ってなんかないよ」

「私は、責任を、取れません」

「うん、構わない」

「結婚できないって言ってるんです！」

「構わないって言ってる」

「……っ」

王太子であるレイモンド殿下が国の法律を破るわけにはいかない。それなのに平然と言い切る。

「で、ですが跡継ぎは」

「幸い俺は兄弟が多いからね。誰かの子を養子にすればちゃんと血は繋がるし、問題ないよ」

「でも」

「女の子ひとり守れないのに、国民全員なんて守れるはずないだろう？　いいんだよ、結婚だけが答えじゃない」

　優しい口調で諭すようにそう話す殿下に、断っているフィーナの方が辛そうな顔をした。

「ざまぁできたら一番よかったんだろうけど。この国でセラフィーナが幸せになれないなら、君が一番幸せになれる場所に行くといい」

（レイモンド殿下は、きっと関係を持った女性がいたと公表せず、独身を貫くつもりなのね）

　下手に公表すれば相手の詮索が始まる。いつかフィーナが見つかった時、きっと彼女の平穏は守れない。またシルヴァ伯爵家が寄生してくるかもしれないし、ほかの貴族からの攻撃を受けるかもしれない。けれど王族が、それも王太子がただただ未婚を貫く行為は、想像できないほど風当たりが強いだろう。今、政敵がいなくても、その事実がどれほどの影響を及ぼすかだって未知数だ。

（それでも受け止めるのね）

　ごめんなさい、と涙を流すフィーナに釣られて私の目頭も熱く滲む。

（義姉が王族に怪我をさせた、その事実で家を潰せれば）

　そんな過激なことすら頭に過《よぎ》るが、それはお忍びでフィーナと出掛けていたと認める行為だった。関係に気付かれなくても、取り潰された家門出身の王太子妃なんてありえない。何がどう転んでもふたりの未来は交わらないのだ。

「どうしても、どうしても許せなくて、ざまぁを諦められなくて……、本当にごめんなさい」

「俺は、君が泣いてくれて嬉しいよ」

そっとフィーナの涙を拭った殿下が、ふわりと微笑む。

「あの夜、挑発的なのに強気な瞳の奥で涙を堪えていたセラフィーナが気になっていたんだ。ひとりで耐える君の泣ける場所になれたら、なんて思ってしまうくらいに」

「レイ」

「だから俺は、君が今、俺の前で泣いてくれて嬉しいよ。いっぱい泣いて、そして君の好きな場所でこれからは笑ってほしい」

「レイ……ッ！」

ぽろぽろと涙を零すフィーナの肩をそっと殿下が抱き寄せる。

それでもふたりには別れしか待っていないのだ。

「どうしてもふたりは一緒になれないの？」

「一緒になることは簡単だよ、でも」

思わず私が呟くと、バルフがすかさず答えてくれる。

「フィーナの願いを守るために選んだんだ。俺達には見守ることしかできないよ」

「こんなことって」

王太子妃になるには貴族の家が必要で。でも、そうするとフィーナを踏みにじった家族の思うツボ。そしてこれからも王太子妃の実家として、王家にも寄生しようとしてくることまで想像できる。

(何か、何かないの？)

堂々と嫁げて、実家から切り離せて、ついでにざまぁだってできる、そんな解決法――

悔しくて、苦しくて、叫びたいけれど、静かに涙を流すだけのフィーナを押し退けて私が嘆くなんてできない。この歯痒さはキャサリンも同じだろう。

「……子供は生まれる家を選べないものね」

彼女がぽつりとそう呟いた。

「子供は、家を、選べない……？」

キャサリンの言葉が引っかかり、彼女の言葉を復唱する。

(そうよ、あるわ、堂々と結婚できて、ざまぁもする方法)

「バルフ、私、思い付いちゃった」

「シエラ？」

全て解決する、その方法。思いついてみればなんて簡単なことだったのだろう。

「フィーナ！　貴女、私とバルフの娘になりなさい！」

だったら私が、フィーナの母になればよかったのだ！

「シルヴァ伯爵はいるだろうか？」

昨日乗っていたディートヘルム家の家紋が付いた馬車ではなく、堂々と王家の家紋付きの馬車でシルヴァ伯爵家の門前に乗り付けたのはもちろんレイモンド王太子殿下。近くには護衛としてガルシア卿と近衛騎士団が並んでいる。フィーナはまだ王家の馬車の中で待機。

「ちょっと、こんなところに固まってたらバレるんじゃないのぉ？」

「ならキャサリンは帰っていいわよ」

「嘘でしょ!?　私だって応援してるんですけどぉ！」

「はーい、嘘ウソ。というか、騒いだら登場するタイミングを間違うでしょ」

「その時はアンタの背中、蹴り飛ばして登場させてあげるから安心なさい」

「ちょ、二人とももう少しボリューム抑えてっ」

そして私達はと言うと、不格好にも門が見える距離でこそこそと隠れていた。

（上手くいきますように）

ぎゅっ、と祈るように両手を握り様子を見ていると、突然の王太子の訪問で慌てふためいた伯爵夫妻が家から飛び出してくる。こちらから見えているということは、当然向こうからも見えているはずなのだが、王太子訪問という信じがたい出来事のおかげでこちらまで意識が及なさそうだ。

ほっと安堵のため息を吐いた。

「レ、レイモンド王太子殿下？　き、今日は突然なぜ……っ」

「ふむ、そうだな。いろいろあるんだが……伯爵の娘はいるだろうか？　茶髪の娘がいるだろう、会いに来た」

「茶髪の、我が娘……で、ございますか……？」

レイモンド殿下の言葉に一瞬ぽかんとした伯爵夫妻は、何をどう勘違いしたのかにやりと口角を緩ませながら大声でフィーナの義姉を呼ぶ。その声の弾み具合を聞き、私とキャサリンもにやりと頬が緩んだ。肝心の殿下は、昨日の怪我を隠すように手で口元を押さえている。

（か、隠し方が上手いわね？　どう見ても『照れながら話しているだけ』のように見えるわ）

謎の才能に感心していると、パタパタと足音が響いて玄関からそっとフィーナの義姉が出てきてカーテシーをした。

「あぁ、挨拶は必要ない。会いたかったよ」

「そう言っていただけて光栄です、まさか我が娘と殿下が知り合いだったなんて」

「知り合いか。忘れられていないといいのだがな」

「え……？」

くすくすと笑った殿下の声が少し低くなり、完全に頬を染めていた義姉がそっと様子を窺うべく顔を上げる。

「昨日ぶりだ、と言えば思い出してもらえるだろうか？」

にこりと笑いながら、口元を隠していた腕を下げ昨日の傷口が露《あらわ》になった。ただの平手打ちだったとはいえ、殿下の口元は指輪で切ったので痛々しく赤紫の痣になっている。その傷を見た義姉の表情が一瞬で青ざめたのを確認し、ガルシア卿がわざとらしく剣をチャキ、と鳴らした。

「――ひっ！」

ひどい顔色になった義姉が、震えながら一歩後退る。

そんなふたりのやり取りが全くわからない伯爵夫妻の顔には戸惑いが浮かんでいた。

「あぁ。なんだ、説明していなかったのか？　昨日、お忍びで街に出ていた私を散々金のない男だと罵倒しながら殴ったということを」

「殴……っ⁉　そ、それは何かの間違いです！」

「ならば娘に確認しろ。殴ったのか殴っていないのか」

「まさか殿下に暴力だなんて……」

にやにやとしていた伯爵夫妻からも一気に血の気が引き、額から冷や汗が滝のように流れ出る。

（そりゃそうよね、だって不敬罪だけでなく王族相手に暴力だもの）

追放どころか処刑だってもちろんありえるほどの大失態だ。

「ちが、違うんです、私、知らなくてっ」

「し、知らない⁉　ということは、まさか本当にお前が殿下を？」

「そんな、そんなつもりは……っ、第一私は殿下ではなくあの子ッ、セラフィーナを……！」

「セラフィーナ？」

「そうですっ！　行方不明だったあの子がいてっ、だからその、し、心配させた罰を……っ」

（心配させた罰ですってぇ……⁉）

その場にレイモンド殿下もいたのに、よくそんな大胆な嘘が吐けるものである。呆れと怒りの入り交じった感情で頭が沸騰しそうになりながらも、ここで私がざまぁを台なしになんてできないと必死に我慢した。

「ふむ。ではつまり私ではなく、私の婚約者のセラフィーナに危害を加えようとしたということだろうか？」

「そうです！　殿下ではなく婚約者の……って、え？」

「セラフィーナが、殿下の？」

「あぁ、昨日やっと了承の返事を貰ったばかりだからな。伯爵らが知らなかったのも無理はないだろう」

さらりとそう言われ、呆然とする三人。

そんな三人を無視するかのように、殿下はさらに口を開く。

「男である私ですら、傷が残るほどだったのだ。セラフィーナに当たっていたかと思うと当然許せることではない。そうだな？」

くるりと殿下が馬車へ向き直ると、カチャリと扉が開き美しく着飾ったフィーナが一歩踏み出す。

そんなフィーナに殿下がさっと手を差し出すと、ふわりと微笑んだフィーナが彼の手をきゅっと握り寄り添った。

「……殿下、本気で照れてない？」

「ま、まぁ、あの笑顔は女の私ですら、ドキドキしちゃったけどぉ」

まだ一大イベントは何も終わっていないのに、その甘い空気に当てられ私達は思わず半眼になる。

「セ、セラフィーナ、お前、今までどこに！」

殿下に寄り添うフィーナを唖然と見ていた伯爵が名前を呼ぶが、フィーナはもちろん返事などしない。そしてレイモンド殿下も、そんな彼らを完全に無視していた。

「婚約者であるセラフィーナもすでに王族と同列の扱いとなる。よって王族に危害を加えようとしたシルヴァ伯爵家は伯爵位を剥奪し……」

「お、お待ちください！」

「なんだ？　下らないことで私の言葉を遮った場合、罪が重くなると覚悟してのことか」

吐き捨てるようにそう言われ、伯爵がごくりと唾を呑む。しかし、このままでは家が取り潰しになるこの状況。意を決した伯爵が再び口を開いた。

「我がシルヴァ伯爵家から貴族位を剥奪されますと、セラフィーナはただの平民となります！　それも、没落した家門という肩書までついて！　そんな王太子妃は世間が認めません！」

「では、どうするのがいいと？」

「この娘は、私の娘では、ありません。私の娘は……セラフィーナだけでございます！　ですのでどうか……っ」

（いくらフィーナの義姉は伯爵の実の娘じゃないからって）

平然と切り捨てるその姿に辟易した。

「お義父様!?」

「あなたっ！　娘を捨てると言うのですかっ！」

慌ててふたりが詰め寄るが、伯爵は聞く耳を持たない。

「ほんっと、ゲスいわね」

「同感だわ」

「何か、勘違いしていないか」

フンスフンスと鼻息を荒くするキャサリンに全力で私も頷いていると、レイモンド殿下の冷たい声がその場に響いた。

「か、勘違い……でありますか」

「そうだ。なぜシルヴァ伯爵家の爵位を剥奪すると、セラフィーナが平民になるんだ？」

「は、はぁ？　それは、当然セラフィーナが私の娘だからで……」

『何を言ってるんだ』という表情をした伯爵を見て、私とキャサリンがにやりと笑う。

「おかしいな、我が婚約者の名前はシルヴァじゃない」

「い、いいえ、セラフィーナは私のむす……」

「私の名前はセラフィーナ」

伯爵の声を遮るように、一歩前に出たフィーナが声を張り上げた。

そんな彼女に合わせ、私達も飛び出す。

「セラフィーナ・ビスターです！」

「どこのどなたか存じませんが、私達の娘になんってことしてくれたのかしら⁉」

「フィーナ。ビスター公爵家がついてるんだ、もう大丈夫だよ」

「は、はぁ？　ビスター公爵家……⁉」

（あら？　流石《さすが》に隣国の二大公爵家の名前は知っていたのね）

唖然としながらわなわなと震える伯爵の前で、わざとフンッと鼻を鳴らす。

「ど、どういうことなの？　恩を仇で返すつもりなの！」

「恩を、仇で……？」

ふぅ、とフィーナが小さく息を吐く。

冷静に見えるが、内心はきっと怒りで煮えくりかえっているのだろう。

「ふざけないでください。なぜ私が、私だけが！　働かなくちゃいけなかったのですか！」

「それは……」

「なぜ私がお母様との思い出を全て売って、そして私自身まで売られなくちゃいけないんですか！　貴女が今しているネックレスだって、私が母の形見を売って、生活費にあてようとしたお金で買ったんじゃないっ」

悲痛なフィーナの声が胸に刺さり、小さく肩を震わせる彼女を抱き締めたくてたまらない。

（けど、それは私の仕事じゃないわね）

そんな私の想いを察したのか、そっとフィーナの肩に殿下が手を載せた。

「貴方達は搾取することばかり。私から母も、家も、思い出も、私の未来だって奪ったわ！」

「そ、そんなつもりは、ただ私は……っ」

「そ、そう、お金さえ、お金さえあれば」

「はっ、そうですね。お金を作るために最後は私を売ったんですものね」

載せられた殿下の手に、そっと自身の手を重ねたフィーナ。もう大丈夫だと伝えるように、彼女がゆっくり頷くと殿下も軽く頷き、そっと一歩下がった。

「フィーナ！　さぁ、あのセリフを言ってやりなさい！」

「はい！」

カツン、と石畳をヒールで鳴らしたフィーナが、両手を腰に置いて青ざめる彼らを見下ろす。

「私はもうこの家とは関係ありません！　金づるになれなくて、ごめんあそばせェッ!?」

そう高らかに宣言し、ついでに高笑いもした。ビスター公爵家の後継は兄の息子がいる。フィーナを養子にしても、彼女は隣国の王太子妃として嫁ぐのでキーファノの領主としての相続問題は起こらない。彼女達に子供ができれば、それは当然ベルハルトの後継になるので、キーファノ、並びにマーテリルアで揉めることももちろんない。

（そしてフィーナは公爵家という後ろ盾を手に入れられるし、我が国にとっても友好国との繋がりが増える分には問題ないわ）

これが私プロデュースの継母ざまぁハッピーエンドである。

◇◇◇

「持参金としてルビーまで」

「ふふ、いいのよ！　ボーナスみたいなものっていうか、何度も説明したけど、これは私達にもすごくメリットがあるんだからね」

継母ざまぁで言いたいと言っていた念願のセリフを言ったフィーナ。

そんな彼女の言葉を聞き、実父はわけがわからずぽかんとし『当て付けのつもりなの!?』と義母が騒ぐ。そんな彼らをそうですか、と淡々と彼女は見つめていた。

「ざまぁ、あれだけでよかったの？」

王家からの正式な婚約発表があるまでは、今まで通りビスター公爵家の邸宅で一緒に暮らすことになったフィーナ。

今は娘なのだから、と無理やり彼女をベッドに連れ込み、少し行儀は悪いが並んで寝転ぶ。

「はい、あれで十分です。というか、あれ以上の結果はないのでは？」

「そ、それは……」

(殿下に怪我をさせた義姉は修道院送り、伯爵位を剥奪された夫妻は平民落ちの上に国外追放)

確かにこれ以上ない結果ではあるけれど。

「でも、家は更地になってしまったし」

「いいんです。どうせ何も残っていませんでしたし、思い出は私の中にもありますから」

にこりと健気に笑うフィーナに、私の涙腺が崩壊しそうになる。その勢いで彼女に抱き付くと、彼女もくすくすと笑いながら抱き締め返してくれた。

「言いたかった言葉も言えました。それに、年下の母親ができるなんて思いませんでした」

「私も年上の娘ができるなんて思わなかったわ」

「お父様は同い年です」

「そう、ね？」

(ちょーっと、無理やりすぎたかしら)

なんて思わず頭を抱えたくなるけれど。

「それでも、後悔なんてしてないわよ？　フィーナは娘！」

「ふふ、私もです。娘にしてくれてありがとうございます、お義母様」

頬を染めふわりと微笑むフィーナはやっぱり妖精のように可愛かった。

(今日はバルフだけ除け者になっちゃうけど、このままフィーナを抱き締めて眠……)

「じゃ、内職しましょうか」

「なんでよッ！」

さらっと続けられた言葉にガクリと項垂《うなだ》れるが、彼女は本気らしくいそいそと起き上がる。

「シエラ様」

「あら、お義母様とは呼んでくれないのかしら」

「今は侍女のターンです。ルビーの使い道に迷われてましたね？」

そう言ってサイドテーブルから取り出したのは、小さくサイズもバラバラなルビー達だった。

「これって、あのくず石と呼ばれるルビーの欠片？」

その全てのルビーにはなぜか小さな穴が開けられている。

「はい、ビーズってご存じですか？」

「ビーズ……？」

きょとんとしていると、一緒に持ってきたハンカチにフィーナが針を通す。普通に刺繍をするのかと思ったのだが、その糸に穴を開けたルビーを通し一緒に縫い付けた。

「キ、キラキラだわ……っ！」

「宝石が刺繍されたハンカチ、ちょっとしたプレゼントに素敵ではありませんか？　花びらのまん中にアクセントとしてこのサイズのルビーを一粒つけるだけでも可愛いですよ」

（確かにこのサイズのルビーを一粒だけなら、コストも販売価格もすごく抑えられるわ）

それに、値段が安いということは平民にも手に取りやすいということ。誰もが気軽に同じ宝石を手にできる環境は、『名産』と呼ぶには十分だ。

「貴族向けには、ドレスにたくさん縫い付けるのもいいですね。縫い付ける数が多いので手間ではありますが、サイズ別に並べればご希望だった全てのルビーを活用することも可能かと」

「す、すごい！　すごいわフィーナ、最高よっ！」

（これはバルフが私のために用意してくれたもの、絶対ひとつも無駄にしたくなかったの！）

平民から貴族まで、キーファノの領民からほかの地域から来た人達のお土産にもなるその提案は、まさに私が望み、しかし思い付かなかったことだった。

「内職で刺繍もしてましたから。あの経験が役に立ったならよかったです」

「もう、本当にだいっすきよ！」

私が再びぎゅうぎゅうと彼女に抱き付くと、危ないです、なんて叱りながらも微笑むフィーナ。

穏やかに笑う彼女の姿がやっぱり可愛く、私はまた彼女を抱き締めたのだった。


あのトリプルデートから一ヶ月という異例の速さで、ベルハルトの王太子、レイモンド殿下と私達の養女になったセラフィーナ・ビスターの婚約式が執り行われた。その理由は、対外的には言えないが、一夜を共にしたからである。

（ま、まぁ万一子供ができていたら時期とかね、問題になっちゃうもの）

隣国ベルハルトは『はじめて』であることをとても重要視しているからこそ、このスピードで婚約式が成立したのだが。

「ま、まさか娘が、こんなに早く嫁ぐことになるなんて……っ」

「ちょ、バルフ。気持ちはわかるけど、いつそんなに感情移入しちゃったの？」

「シエラこそ、泣きそうになってるよ」

「私はいいのよっ、侍女としても一緒に、一緒に……っ、いたんだもの……！」

フィーナの両親として招待された婚約式で、書類上親子だった期間は一ヶ月だけにもかかわらず、ふたりして感傷に浸っていた。

（お披露目の意味の婚約式だから、ふたりで入ってくるのよね？）

そろそろ時間かしら、とそわそわしながら扉を見つめていると、ギィー……と重低音を響かせ殿下と並んで現れたフィーナ。穏やかに微笑みながらゆっくり歩む彼女は、ほんのり青くも見えるシルバーブロンドにスイートピーをふわりと飾り、白から赤に変わるグラデーションのドレスを纏《まと》っていた。彼女が歩くたびにキラキラと輝くそのドレスには、我がキーファノの新しい名産品のルビーのビーズが大量に刺繍されている。

（フィーナ、本当に綺麗だわ）

この婚約式の後すぐに王子妃宮に移るという事情もあり、先に持参金として私達が用意したルビーをドレスにも、そして彼女が今付けている装飾品にも使ってくれている――のは、公にはできない部分の迷惑料の意味も含んだ宣伝だったりもする。『最愛の妻に贈る色』というコンセプトで売り出すこのルビーが俺達にもピッタリだから、と自ら申し出てくださったレイモンド殿下が、本当に彼女の婚約式で着るドレスに採用してくださったのだ。

神官の前まで並んで歩いたフィーナ達が軽く頭を下げる。神の代理人である神官の前で、用意されていた書類に名前を書き終えたふたりが国民に、そして私達に花が綻ぶような笑顔を向ける。まるで見ているこっちまで幸せな気持ちになるような、そんな温かい婚約式だった。

「……と、いうわけで初夜よ！」

「誰の⁉」

キーファノに帰ってきた私達。可愛い娘を送り出した夜くらいはゆっくりしようと、仕事を早めに切り上げてくれたバルフを、思い切り押し倒した私がそう宣言すると、まるで本当の初夜の時のように彼が目を真ん丸に見開く。

「ふふ、ふふ……っ！」

「ふ、ふはっ」

そんな状況がおかしくなって、吹き出すように笑いあう。仰向けで寝転ぶバルフの肩に頭を載せるようにして私も隣に寝転ぶと、私の方に体を傾けた彼にぎゅっと抱き締められた。

「……こうしてふたりで過ごすのも久しぶりだな」

「ええ、しばらくはバタバタしてしまったし、可愛い娘もいたものね？」

「そうだね」

くすくすと笑いながらじゃれ合っていると、するりとバルフの手が私のローブの胸元へと伸ばされる。その瞬間を見届けた私は、勢いよく体を起こし馬乗りになった。

「この瞬間を待ってたわ！　さぁさぁさぁ！　見てちょうだい！」

「へっ!?」

バサリとローブを投げ捨てると、私は淡いローズカラーの生地にルビーのビーズで薔薇を描いた夜着を見せつける。

「どうかしら!?」

「わ、すごく綺麗だね。これ、あのルビーだよね？」

「そうなの！　フィーナの婚約衣装にあしらったものと同じよ。ついでにこの夜着はなんとフィーナとお揃いなんだから」

ふふん、と得意気になりつつ軽く裾を持ち上げると、枕元の光を反射してキラキラと夜着が輝く。

「フィーナもすごく似合ってたけど、やっぱりシエラに一番似合うね」

にこりと屈託のない笑顔を向けられ、じわりと頬が熱くなった。

「そ、そうかしら？　フィーナはその、すごく美人だし」

「ん？　確かにフィーナも美人だったけど、シエラが一番美人じゃない？」

「も、もうっ、それっ、絶対変なフィルターかかってるわよ！」

そうかなぁ、なんて呑気に首を傾げるバルフ。流石《さすが》に妖精のようなフィーナより、美人なんてことはありえないとはわかっている。けれどもバルフにそう見えてるなら、これ以上嬉しいことはないだろう。こんなだからバカップルだなんてからかわれるのよね、なんて思いながらも私の胸が痛いほど高鳴ってしまうのは、私にとってのバルフもきっと同じだからだ。

「あのね、大好きよ」

「俺もだよ」

どちらともなく重なる唇が心地よく、そしてもっと深くを望んでしまう。くちゅりと私の唇を割るように口腔内へ入ってきたバルフの舌に絡めるよう私も舌を伸ばすと、すかさず扱かれる。

「んっ、は……っ」

何度も角度を変えて口付けを交わして舌も唇も強く吸われ、すっかりとろんと力の抜けた私とバルフが体勢を入れ替えた。そっと私を組み敷いた彼の手のひらが、夜着の上から胸を這う。

「ふっ、あ」

胸をむにむにと揉みしだかれ、〝先〟を意識してズクンと下腹部が熱を孕《はら》んだ。無意識に太股を擦り合わせてしまう私に気付いたのか、バルフがそっと夜着の裾を持ち上げる。

「……あ、脱がしちゃうの？」

「繊細な作りだから壊したくない」

「なるほど」

「ってのは、建前で」

「建前なの!?」

「言っただろ？　ふたりきりって久しぶりだし、今日はシエラを全部感じたい」

そのまま夜着が脱がされ、そっとベッド横のソファに掛けるように置かれると、いつも優しいオリーブ色の瞳が仄暗く揺らめき、ドキリと胸が跳ねた。

全部感じたい、と言ったバルフもバサリと乱雑に自身の服をソファへ投げるように脱ぎ捨てる。

（私の夜着だから丁寧に扱ってくれたのね）

そしてそれは普段乱雑なことをしない彼が、自身の服を脱ぎ捨てるほど私を求めているのだと気付き、私の蜜がじわりと滲んでしまう。

「シエラ、愛してる」

「私も」

私に覆い被さったバルフの重みが心地いい。

肌から直接伝わる熱は、私の全てを溶かすように癒してくれた。

「――ぁ、ん……っ」

ちゅ、と胸の先端にバルフが口付けると、そのままチロチロと舌で刺激される。

彼の舌が私の乳首を弾くたび、私の体はピクピクと跳ねた。

「シエラのここ、尖ってきたよ。気持ちいい？」

「ん、んぁ……っ、きもち、いい……っ」

「そっか、ならこっちもしてあげなきゃね」

「や……ぁあん！」

そう言ったバルフが、今度は反対の乳首にぢゅっと吸い付く。先ほどまで舐めていた私の乳首を指できゅっと摘まれ、私の体中を快感が走る。

「可愛い。いっぱい感じてほしいなぁ」

「やぁ……っ、ぁあっ」

「嫌じゃないでしょ？　シエラは強く吸われるのも好きだよね」

「あっ、ひんっ！」

乳首に強く吸いつきながら顔を離すと、みっともなく私の胸まで引っ張られ、彼の唇から外れた反動でぶるりと震える。はしたなくぶるんぶるんと動く胸がなんだか急に恥ずかしくなり、両胸を抱き締めるようにして隠すが、手首を握ったバルフがすぐに外してしまった。

「見せて？　すごくいやらしくて、本当に魅力的」

「ッ、バ、バカ」

啄むように唇を食まれ、頬を滑り耳たぶを甘噛みされると、ゾクゾクとした快感に襲われた。

乳首を人差し指で押し込むようにして両胸を揉みしだかれながら、彼の足が私の足を割るようにして開かされると、すでに芯を持った彼の切っ先が蜜口をなぞる。まるでソコで口付けでもするようにちゅぷちゅぷとつつかれると、ゾワリと甘い痺れが私を襲った。

「あん、バルフ……、早くっ」

「すごく濡れてるけどまだ挿れないよ？　馴らしてからじゃないとね」

耳元を擽るように囁《ささや》かれ、ドキドキと煩いくらいに鼓動が響く。

（心臓の音、聞かれちゃいそう）

期待と緊張から息が上がった私の呼吸すら奪うように、再び深く口付けられたタイミングでそっとバルフの親指が私の蜜壺をぐちゅりと擦った。すでに零れていた愛液を指に絡め、彼の中指がつぷ、とナカに挿入されるとそれだけで求めるように腰が揺れてしまう。

「そんなに早くほしい？」

「や、言わせないでぇ……っ」

「俺はシエラに言われたいけど」

「んあっ」

ぐちゅぐちゅと卑猥な音を響かせながら、バルフの指が強く膣壁を擦るように抽挿される。

にこりと微笑むバルフは、私と違ってどこか余裕そうにも見え、少し悔しい。

（ほんと、夜だけいつも少し意地悪なんだから……！）

「可愛い、俺だけのシエラ」

「バルフ、だって、私だけの……なんだからっ」

内心文句を言いつつ、指を増やしながら呟く彼の言葉が嬉しい。結局文句なんて口にできず私からも彼を求める言葉が出る。私の言葉を聞いた彼は一瞬だけ目を見開き、すぐにスゥッと細める。

「——っ、あん！」

ちゅぽんと一気に指が引き抜かれたと思ったら、彼のモノがぱちゅんといきなり私の奥まで貫いた。その衝撃に息を詰めていると、そっと私の頭を撫でたバルフが額に軽い口付けを落とす。

「も、優しくしたいのに、なんでそんなにシエラは可愛いの」

「──っ、は、ぁ……っ」

「はぁ、こうなるってわかってたのに……、もっとこまめに抱いておけばよかった。思った以上に俺が堪えられないや」

「ひ、ぁっ、あぁんっ」

どこか反省するように呟きながら、容赦なく私の腰を掴んだバルフに揺さぶられると、甘い嬌声が部屋に響く。止まるどころか、抽挿のスピードを落とす様子もないバルフは、何度も暴かれ知られてしまっている私の一番気持ちいいところを、ごりごりと内側から抉るように貫いた。

「あっ、だめぇっ、イっちゃ、イっちゃぁあっ」

「ん、いいよ。何度でもイって？」

「だめっ、だめぇ、飛んじゃうの、だめなの……っ」

「そっかそっか、飛んでもいいよ、起きてから何度でもまたシようね」

「やぁぁ……っ」

きゅうきゅうと彼の熱を求めて自身のナカが収縮するのを感じながら、私ははしたない声を幾度となく上げる。ぱちゅぱちゅと音を立てながら最奥を何度も突かれる度に、私の視界が白く瞬いた。

「あ、あぁっ！」

「ん、俺も出すよ」

「全部、奥に、バルフっ」

ぎゅうっと彼の体にしがみつくと、ようやく動きを止めてくれたバルフが、私の奥でびゅくりと劣情を放つ。彼の熱が私の胎で広がり、その熱さに心が痺れる。

「ごめん、足りないんだけど、もう一回してもいい？」

なぜかまだ私のナカで固く芯を持っている彼は、形を覚えさせるようにゆっくり抽挿しながら少し困ったような笑顔でそう言った。

そんなバルフの言葉を聞き、意識が飛びそうになっていた私が一気に覚醒する。

「待っ」

「……ダメ、かな」

「ダメ、じゃ、ないわ」

(これが惚れた弱み……！)

くぅ、とときめく胸を押さえながら、私は再び彼の首に両腕を回したのだった。


「ん……」

「シエラ……？」

あれから一眠りした私がふと目を覚ますと、その気配で起きたのかバルフも薄く目を開く。

「あら、ごめんなさい。起こしちゃったわね」

「ううん、構わないよ。それよりどうかした？」

「……私の侍女がまたいなくなっちゃったなぁって思って」

バルフの腕の中で、グリグリと頭を擦るようにしながらそう呟くと、バルフが寝惚けながら私の頭を撫でてくれた。

「だったら、ベラを呼んだらどうかな？　確か来たがっていたよね」

「それはそうなんだけど」

（でもベラはまだ子供が生まれたばかりだし、ベラの夫は王都の邸宅の門番で……）

幼い子と父親を引き離すことを考え、どうしても頷けないでいると、ふっとバルフが笑う。

「キーファノのルビーは、きっとこれから爆発的に売れるよ」

「そうね……？」

（隣国の王太子であるレイモンド殿下の婚約式での大々的なお披露目をしたんだもの、むしろこれで売れない方がおかしいわ）

さらに平民でも手軽に宝石を手にできる商品も揃え、国内外ですでに問い合わせだってかなり来ているのだ。間違いなくこの事業は成功する、とあまり詳しくない私ですら思えるほど。

「だからちょうど、警備を強化したいなと思っていたんだよね。もちろんビスター公爵家の騎士団を疑っているわけじゃないけど。たとえば、王都で実際に業務を担っている経験豊富な門番とかいてくれたらいいよね」

どう思う？　なんて私に質問をしながらうっすらと目を開けたバルフ。

そんな彼の穏やかなオリーブ色の瞳と目が合った私は――

「さいっこうよ！」

「ぅぐっ」

ドシンと彼の胸元に突撃する勢いで抱き付いた。

(それならベラもベラの赤ちゃんも父親と離れ離れにならないわ！)

「まだ子供が小さいけど、クラリスとカトリーヌのふたりもいるし、三人で回せばフォローもしやすいんじゃないかな」

「えぇ！」

「ま、こっちに来たくないって言われちゃったら、終わりなんだけどね」

「ふふっ、それもそうね。早速打診の手紙を書かなくちゃ！」

「起きたらね？　まだ夜明け前だし」

ふわぁ、とやはりまだ眠そうに再び目を閉じたバルフを見て、私からくすりと笑みが溢《こぼ》れる。

「ベラが来てくれるなら安心だわ、私にもいつ宿ったっておかしくないものね？」

「――ッ！」

少しだけからかうような、でももちろん本音を伝えると、目を閉じたままのバルフの耳がじわりと赤く染まった。

「……それ、煽ってる？」

「あ、煽っては……、どっちの答えがいい？」

「あー、もう、本当に敵わない」

はぁ、と思い切りため息を吐きながら、そっと降ってきた口付けがとても甘く優しくて。

（私、本当に幸せだわ）

だったら私が貰うわ、と逆プロポーズではじまった私達。

築き上げた全てを捨てて、唯一を手に入れた私の友。

誰よりも助けを望み、しかし誰も頼れず無理やり一夜から始めた娘。

各々の幸せの形はきっと別物で、けれどだからこそ、たったひとつの幸せを求めている。

（どうかこの夜が、皆にとっても温かなものでありますように）

そう祈りながら、私は彼からの口付けに溺れるように身を委ねたのだった。

第四章　それならお家に帰ります！　夫婦喧嘩からはじめる溺愛婚（続行）

——隠し事は人を不幸にさせる代表だと思う。私だってこれでもマーテリルアの二大公爵家、ビスター公爵家の令嬢として生を受けた身。貴族社会に身を置いてきたからこそ本音と建前、嘘と真実、そして隠すべき事柄がこの世にあると理解しているが……

「夫婦間に隠し事なんてあるべきではないわ！　というか、隠すなら完璧に隠してもらえるかしら⁉」

「ち、違うんだ、シエラ。これはその……！」

「何が違うのよ、私達夫婦なのよ⁉　流石《さすが》にそれが何なのか、私にだってわかるんだから！」

（なによ、なによなによ！　隠すなら私が気付かないくらい完璧に隠しなさいよ……っ）

気付かなければそれでよかった。『知らない』ということは、『存在しない事実』だから。けれど、私は気付いてしまったのだ、もう気付かなかった頃には戻れない。

「バルフのバカッ！　もう知らないから！　私、家に帰らせていただきます！」

焦りながらこそこそと机に置いてあったソレを執務室の引き出しに片付けるバルフ。そんな彼をキッと睨むと、勢いよく背を向けてわざとらしく盛大な音を響かせながらバタンと扉を閉める。

バルフの婚約破棄からはじまり初夜の失敗、夜のすれ違いに隣国を巻き込んだ侍女の結婚騒動などさまざまな出来事を経験してきた私は、とうとうはじめての夫婦喧嘩を経験したのである。

(なんだかんだで揉めたらいつもバルフが折れてくれてたし)

それにそもそも彼の方が年上だからだろうか。いつも包みこむような優しさで私を守ってくれる彼に不満なんて抱くことなどなかった。

「でも、今回ばかりは許せないわ」

「あれぇ、喧嘩ですかぁ？」

「クラリス！」

侍女のひとりであるクラリスが、ドスドスと私室に飛び込んだ私に気付き、追ってきた。

「バルフが悪いの。隠し事するのが悪いのよ！」

「え、夫婦でも隠し事くらいあると思うんですが。そんなに許せないようなレベルだったんです？」

「そうよ、私の気持ちを知っていながらバルフってば……っ！」

はえぇ、と深刻とはかけはなれた表情を私に向けるクラリスを無視し、私は鞄にぎゅうぎゅうと着替えを詰める。無理やり詰め込んだせいで鞄がパンパンに膨れ上がってしまったが、そんなことは気にせず今度はペンを手に取った。『しっかり反省してください。それまで帰りません』と書き殴り、夫婦のベッドのどまん中に置いた。

「これでいいわ。じゃあ行くわよ！」

「え、私もですか？　というかどこに……」

「家に帰るの！」

「えー」

口では不満そうな声を出したクラリスだが、それでも私がさっと詰め込んだパンパンの鞄の中をしっかり綺麗に詰め直して抱えてくれる。

「特別手当て、期待してまぁす」

「もちろん。ついでに王都で一番のケーキも食べましょう！」

「最高ですね！　よし、今すぐ行きましょう！」

「えぇ！　出発よっ」

そしてそのままふたりで邸宅を飛び出した。

「大変じゃない？　大丈夫？」

ひとりで全ての荷物を抱えたクラリスがそのまま馬車の中に荷物を置き、御者席へ座る。家出なのだから大人数は避けたいのでありがたいが、まさか彼女ひとりが全てを担当するとは思っておらず、おずおずとそう声をかける。だが無用の心配だったのか、ははっと笑い声が聞こえた。

「私を誰だと思ってるんです？　護衛だってできちゃうのでご安心くださぁい」

「いつの間に……」

姉妹のように話せる相手に、とかなり幼くしてビスター公爵家の侍女になったクラリス。普段はゆるゆるな雰囲気の彼女だが、長くいるだけあって能力も高い。御者の代わりができると知っていたが、まさか護衛の心得まであるとは思っていなかった。

キーファノはもちろん、マーテリルアは平和な国で、隣国との関係も良好。女性ひとりで歩いても安全ではあるが、それでも絶対なんてものはこの世にないわけで。

「がっつり弾むわ！」

「やった～！　ついでに浮いた御者と護衛騎士の分のケーキも私にくださいね」

「了解よ、お持ち帰りもしましょう！」

「さっすがシエラ様！　みんなも喜びますねぇ」

御者席からケラケラと笑う声が聞こえた。みんなの分もお土産を買うとしたら、何人分買えばいいのかしらとビスター公爵家の面々を思い浮かべ、ハッとする。実家に帰った、その後。

「領主代理として来ているんだもの。すぐには追ってこれないとしても、仕事が一段落したらバルフは絶対迎えに来てくれるわ」

そうしたら、どうなるか。今本邸にいるのは公爵になった兄のエリウス・ビスターだ。けれど血は争えない――そう、兄は私と同じで、バルフをバルくんと呼びゾッコンなのである。

（バルフが鉱山を迷わず私名義にしたと聞いて、ほかの鉱山を何個かあげようとしたらしいし）

そんなところにバルフが迎えに来れば、怒られるのは絶対私だ。ならば少し体の弱い母が静養する場所ならばどうだろうかと思案する。

一般的に娘に甘いとされる男親だが、私の結婚騒動でバルフと接して完全に父もバルフの味方。だがその領地ならば母が父と対立し、私の味方になってくれるかも。

（……いえ、ないわね。父と母が対立すれば絶対母が勝つけれど、その母は何より面白いことが大好きだもの。絶対この夫婦喧嘩を面白がって私の味方になってくれないわ）

「ダ、ダメ！　どこにも私の味方がいないわ！」

「え、シエラ様？　急にそんな大声出してどうし……」

「行き先変更よ！」

「えぇ？　いいですけど、どこに行くんです？　流石《さすが》にこの装備で隣国とか行けませんよ？」

「そうねぇ」

実家が頼れない時、普通ならば親しい友人を訪ねるのだろう。しかし婚約者候補だったアレクシス殿下からの冷遇で社交界デビューに失敗している私は、友人という友人が一人しか思い付かない。しかもその友人は隣国ベルハルトに嫁いでしまっていてマーテリルアにはいなかった。想像以上に狭い自分の世界にガクリと項垂《うなだ》れていると、御者席からクラリスが声をかけてくる。

「バルフ様ならこの一瞬だけの家出も、温かく迎えてなかったことにしてくれますよ」

「いや、怒ってるの私なんだけど」

「とりあえずケーキだけ食べて、キーファノに帰りましょう？」

「ケーキは外せないのね」

「だって帰る家、もうキーファノの邸宅しかないですよぉ」

「うぅ。そうかもしれな……、あ」

「え」

クラリスの言葉に納得しかけていた私だったが、その時ふっと、あることに気付く。

(そうよ。私の実家に私の味方がいないのは、バルフが義実家であるビスター公爵家の皆の心を掴んでいるからだわ)

だったら。

「決めたわ、目的地はネイト家！」

「ネイト家って、バルフ様のご実家では」

「えぇ、そうよ！　そしてバルフの実家ということは私の家でもあるわ！」

「絶対違うと思うんですけどっ⁉」

「ネイト家を私の手中に落とすの！」

「その言い方はもっとまずいと思うんですけど！」

「それに嘘はついてないわ！　私は『家に帰る』と言っただけだもの」

「へ、屁理屈ーッ！」

(ネイト家へ行くのは結婚の承諾を貰いにいった時以来ね)

婚約破棄されたバルフに、『だったら私が貰います！』と逆プロポーズしたその足で向かったネイト家。夜会へ送り出した時の婚約者とは別の女性と帰ってきた長男が紹介した「妻」という存在。突然のことすぎて可哀想なくらい目を白黒させていたご両親は、ひどく顔色が悪かった。きっと商家も担うネイト家だ。大きな案件でも抱えていたのだろう。

「手土産はケーキと、あと滋養にいいものにしましょう！」

「顔色が悪かったのは、突然現れた『妻』が、公爵令嬢だったからだと思いますけどねぇ」

「何か言った？」

「あ、フルーツとかいいと思いまぁす」

「採用！」

(息子の嫁として、気に入っていただけるといいのだけれど)

確かバルフは六人兄弟の長男だったわよね、と思い出し、ならお土産はほかにどんなものがいいのかしら、と考える。喧嘩して家を飛び出したというのに、気付けば少しうきうきとしていた。

(もちろん、緊張だって不安だってあるけど)

それでも、大好きなバルフの大切な家族。それはつまり私にとっても、とても大切な人達だということだ。

「目指すはネイト家の人気者よ！」

「わぁ。バルフ様が早く追いかけてきてくださるといいなぁ」

わくわくとする私とは対照的に、どこか疲れた声を出したクラリス。

はじめての夫婦喧嘩改め、最初の顔合わせを除き、はじめての義実家訪問という一大イベントに、私は胸を高鳴らせたのだった。

「大変ご無沙汰してしまい、申し訳ありませんでした。お義父様、お義母様」

「ひぇっ、こ、こちらこそ……！」

(今日も顔色が悪いわね？)

金銭的に特別裕福ではないが、決して貧乏というわけではないネイト家。それは結婚時に申し出た資金援助を断られたことからもわかっているのだが。

「そんなに高級なものではないんだけど……ケーキは失敗だったのかしら」

クラリスの抱えた箱をチラリと眺めながらそう言うと、なぜかさらに青ざめてしまった義両親は土下座する勢いで床に座り込んでしまう。

「ちょ、突然どうし……」

「も、申し訳ありませんでした！」

「え、えぇ？」

理由のわからない謝罪にただただ狼狽《うろた》える。流石《さすが》に義娘である私が立っていて、義両親が床に座って顔を伏せる状況にどうしたらいいかわからず戸惑っていると、クラリスがそっと耳打ちをしてきた。

「お金を包みましょう。お金は大抵のことを解決してくれます」

「そ、そうね!?　い、いくら包めば顔を上げてくれるのかしら！」

「ひぃぃ……！」

そんな時だった。

「お父さんとお母さんを苛《いじ》めるな！」

「ひゃあ⁉」

ドシン、と横から思い切り体当たりされてよろめく私。

腰には、黒髪でオリーブ色の瞳をした小さな男の子がしがみついている。

「こ、こら！　ライトン！」

ギョッとしたお義父様が慌ててそう叫ぶと、ライトンと呼ばれた男の子はじわっと目元を赤くしてすぐに二階へ走り去ってしまった。

(い、今のって)

「申し訳ありませんでした！」

「ま、まだあの子は幼いのです！　どうか、どうかお慈悲を！」

「か」

「「？」」

「かっわいいわ！　バルフの弟ね⁉　やだ、バルフに似てたわ。天使じゃないのかしら！」

「え、えっと……？」

バルフと私が出会った時は、もうデビュタントも終わっていた。だからこそ幼い頃から一緒に過ごしたキャサリンに嫉妬したのだ。

「まるでバルフの過去を覗き見したみたい！　可愛い、本当に可愛いわっ」

きゃあきゃあと喜ぶ私を鼻で笑い呆れたような顔で見るクラリスと、そんな私達の様子に唖然とした表情をする義両親。

だが私はそんなこと気にせず、彼もあれくらいの頃はさっきみたいにやんちゃをしたのだろうか？　なんて妄想し笑みを溢す。ヒーローを気取り、悪に必死に立ち向かって……と、そこまで考えてハッとした。

「待って!?　もしかして私、今、悪役扱いされたの!?」

「まぁ、そりゃ兄を拐《さら》った女が、今度は両親を土下座させていたらそうなりますよねぇ」

「ご、誤解よ！　いえ、拐《さら》ったのは誤解じゃないけれど！　でも誤解なのよっ」

慌ててそう叫ぶが、確かにこの状況はもう完全に悪役のソレ。

そんな事実にうちひしがれながら、これ以上誤解を重ねるわけにはいかないとなんとか義両親に立ち上がってもらい、応接室へ案内してもらった。

案内されたソファに座ると、お義母様自らが紅茶を淹れてくださる。

これはもてなされている。完全に心を掴めているのだと確信したのも束の間。

「そ、それでその、うちのバルフは何をしてしまったのでしょうか……？」

「へ？」

ものすごく歓迎されているのかと感動しかけたところで、対面に座ったお義父様が机に突っ伏す勢いで頭を下げたのを見て思わず肩をビクリと跳ねさせた。

（あら？　もしかして私がバルフのことで文句を言いに来たと思っているのかしら？）

確かにバルフに不満があって家を飛び出したのは事実だが、私は決してそれを理由に何かしらの罰や圧力を与えにネイト家に来たわけではもちろんない。そりゃ顔色も悪くなるわ、とやっと状況を理解した私は、慌ててまっ青になっている義両親へ向き直った。

「誤解ですわ！　確かにバルフと喧嘩してここにいるのは事実なのですけれどっ」

「ひぃ！　申し訳ありません、申し訳ありません！」

「罰なら何でも受けます！　ですがどうか命だけは、一番下の息子はまだ九歳なのです！」

「ちょっと!?　だから誤解なのよぉっ!?」

私の前に紅茶を置いてくれたお義母様までが机に突っ伏すように頭を下げたため、私からもザアッと血の気が引く。

この状況をどう収めればいいかわからず焦っていると、私の背後からクラリスが口を開く。

「シエラ様、まずは喧嘩の内容をご説明されては？」

「あ、そうね!?」

「そしてご自身がなぜネイト家を選び、ここまで来られたのかの理由もお話しください。そうすれば少しは誤解が解けるかと」

「わかったわ！」

いつもはゆるゆるなクラリスだが、流石《さすが》は公爵家の侍女。テキパキと私にアドバイスしつつ、義両親の分の紅茶をさっと淹れて二人の前にそっと置いた。

「その、バルフに不満を持ち、喧嘩したのは事実ですわ。けれど、それは夫婦だからこそのもの。決してその不満を、お義父様やお義母様に押し付けるためにここへ来たわけではありません」

「は、はぁ」

(改めて口にするのは少し恥ずかしいわね)

なんて思うが、それでもこの状況を改善するためには仕方ない。私は公爵家としてここに来たのではないのだ。

「これでも私は義娘ですからっ、だからこそ、ここに来たのです！」

「むすめ……だから？」

「そうですわ。バルフは義息子としてビスター公爵家の皆からとても愛されておりますの」

「え、バルフがですか？　使用人的な感じではなく？」

「むしろ一番人気です」

「一番人気!?」

その事実があまりにも衝撃だったのか、ふたりともぽかんと口を開けて顔を見合わせる。

「ですからその、実家はみんなバルフの味方なんです。それに私もお義父様達と仲よくなりたいと思っておりましたから、よい機会かと思い、こちらに来たのですが」

この顔色と、先ほどまでの謝罪っぷりを見た私は、そう話しながらも突然訪問したことを後悔しはじめていた。

「離縁や処罰、追放などということではなく？」

「り、離縁!?　絶対しませんというか、むしろ、バルフにそんなことを言われたら私っ」

アレクシス殿下に背を向けられても苛立つだけだったのに、バルフに背を向けられるのは想像しただけで足元から震え上がってしまう。

喧嘩しても、私がバルフを愛しているのは変わりようのない事実。そして、私の表情に不安が現れたからだろうか。一瞬きょとんとした義両親が顔を見合わせたと思ったら、お義母様がそっと私の隣に座り直した。

「そう……〝ね〟。大丈夫よ、大切な義娘が悲しんでいるなら力になるから」

「！」

「あぁ、そう……〝だな〟。よければ喧嘩の詳しい内容も教えてくれるかい？」

「！」

少し戸惑いつつも、しっかりと敬語を〝やめた〟義両親。それは失敗してしまったあの初夜の時に、バルフが敬語を止めてくれた言い方とそっくりで、そしてそんな彼らに私の心はふわりと温かなもので溢れた。

(このご両親からバルフが生まれたのね)

優しくて温かくて、傍にいると安心できて、落ち着いて幸せに包まれたように感じるバルフ。そんなバルフを育てた環境に触れ、促されるまま頷いた。

「実は」

少し躊躇《ためら》いつつ口を開くと、お義母様が優しく背中を撫でてくれる。

その気遣いに目頭がじわりと熱く、ゆらりと視界が滲んだ。

「バルフが、私に隠し事をしてるんです」

「隠し事……⁉　そ、それはどんな」

「全部見えたわけではないのですが、ちらっと見えたあれは絶対」

——あの時、執務室の机に置いてあったのは。

「私のためのサプライズプレゼントでした！」

「「……はい？」」

私の言葉に戸惑う義両親がチラリとクラリスを見ると、クラリスはにこりと微笑んだ。

「はじまりはご両親にとって受け入れがたかったかもしれませんが、想像の百倍ラブラブで、はた迷惑なバカ夫婦でございます」

「ちょっと！　百倍程度で私の愛が収まると思ってるの⁉」

「そっちですかぁ」

あーあ、と苦笑するクラリスを横目に私は義両親にしっかりと向き直る。もちろんバルフの非道について抗議するためだ。

「ひどいと思いませんか？　私からのプレゼントは、貰いすぎだからと買う前に断るくせに、自分だけ！　私だってバルフにいっぱいプレゼントしたいのに！」

「ね？　はた迷惑でしょう」

「クラリス！」

名前を呼ぶとわざとらしくクラリスが口笛を吹いてそっぽを向く。

(その態度は私の前でしか許されないから！)

なんて内心文句を言うが、ちゃんとする時はするクラリスがこのような態度を見せるということは、義両親を私の『内側』と認識したということ。

そう思うと怒るに怒れず、うぐうぐと俯いてしまった。

「えっと、つまりシエラ様……じゃなくて、シエラちゃんは、バルフが嫌いになってここに来たわけではないいんだね？」

「もちろんです！　バルフを嫌う人なんて、この世にいるはずがありませんもの」

「そ……れはちょっと、どうかなと思うが」

「あの子もシエラちゃんが好きだから、プレゼントを用意していたんだと思うし」

ね、と再び顔を見合わせて頷き合う義両親に私も頷く。

「それもわかっておりますわ。そこを疑うのはバルフに失礼ですから、あえて断言いたしますが、私、バルフに愛されております」

(けど、だからこそ私からのプレゼントは断るくせに、バルフだけ用意してるなんて格好よすぎるもの！　私だって格好つけたいのに！)

「うわぁ。兄さんが『最愛の妻に贈る色』っていうルビーを売り出したの、名前を使った集客かと思ってたけど本心だったんだ」

「うっは、バルフ兄様ってばベタ惚れ？」

「『ベタ惚れ、ベタ惚れ』」

「ちょ、部屋で大人しくしてなさいって言ったでしょ！」

キイ、と扉が開いたかと思ったら、開いた扉の隙間からぴょこぴょこと顔を覗かせたのは十二、三歳くらいの男女。それから私と同じくらいの年の青年に私より少し年下だろう少年で、漏れなくその四人全員がバルフと同じ色の髪と瞳を持っている。

（これってバルフの成長過程を擬似体験しているということじゃない？）

少しやんちゃそうな遊び盛りの幼少期に、思春期を迎えそうな少年期。今の落ち着いた姿を彷彿とさせつつ、どこかまだいたずらっ子のような雰囲気もある少年と青年の間。

「可愛い、全員可愛いわ！　最高よっ」

「うわぁ、ベタ惚れなのは義姉さんもかぁ」

「義姉！　素晴らしい響き！」

くすりと笑うと落ち着いたバルフにさらに似る。可愛いに囲まれて、私の胸は高鳴り続けた。

やっぱり最近胸が張っているというか、より大きくなったかもしれない。

「上からメティス、二十歳」

「次男のメティスです。バルフ兄さんより四つ下だよ」

「次がハビロン」

「三男、今は十五！」

「双子のデジーナとビジール、十二歳」

「私がデジーナよ」

「僕がビジールだね」

ひとりずつ紹介してもらい、私に手を振ってくれたりぺこりとお辞儀してくれたり。唯一の女の子であるデジーナは少しぎこちないものの、可愛いカーテシーをしてくれた。

（ここが天国なのね）

物理的にはち切れそうな私の胸が、精神的にもはち切れそうになる。

「あと、今ここにはいないが」

「ライトンね」

「あぁ、今年で九歳になるんだが、一番お兄ちゃんっ子で」

私に体当たりをしてきた少年を思い出し、少し落ち込んでしまう。今ここにいないということは、私は受け入れられていないのだろう。

「でも、義姉さんがこんなに美人だとは思わなかったなぁ」

「メティス兄、シエラ姉はバルフ兄の奥さんだからね」

「ねぇねぇ、さっきのケーキって食べていいの？」

「遊んでほしいわ！　私がお姫様をやるからお義姉様が王子様とペットと魔王をやって！」

きゃっきゃと突然周りが騒がしくなり、思わずオロオロとしてしまう。だがずっと弟とか妹に憧れていたから、バルフの妹弟達だからというだけではなく、本当にただただ嬉しかった。

「いいわ！　みんなまとめて相手してあげるんだから！」

スクッと立ち、両手を腰に当ててそう宣言する。

そんな私の後ろで、いつの間にか次男のメティスがクラリスの隣に立ち、にこにこと話しかけていた。

「すごいなぁ。僕の家には侍女がいないからほかの侍女さんについてはわからないんですが、世間の侍女さんって皆クラリスさんみたいに美人なんですか？」

「ありがとうございまぁす」

「その素っ気なさも素敵だなぁ」

（全然相手にしてないクラリスもすごいけど、あんなに相手にされてないのにめげないメティスもすごいわね）

跡継ぎだったバルフを私が拐《さら》ってしまったため、繰り上がりで跡継ぎになったメティス。子爵家の跡継ぎがそんなにチャラくていいのかと思わなくもないが、セクハラ的なことを言っているわけでもジロジロと下心を滲ませた視線を送っているわけでもない。ひたすら思ったまま褒めているようで、だからこそクラリスも流すだけにとどめているのだろう。そういうところはバルフと正反対で、なんだかそれが少しおかしい。

「隙ありいっ！」

「ひゃあ！」

むにゅ、と後ろから十二歳のビジールにおっぱいを鷲掴みされて思わず声をあげてしまう。そのまま重さを確かめるように持ち上げられ沈痛な声色で「おっぱいって、こんなに重いの？」なんて聞かれれば、思わず止めるのを躊躇《ためら》ってしまった。

「ちょっと！　お義姉様は今私と遊んでるの！　邪魔しないでよ、ビジール！」

「はぁ？　デジーナの遊びって子供っぽいだけじゃん！」

「ちょ、ちょっと二人とも喧嘩は」

「子供っぽくなんかないもんっ！　今から雌牛調教ごっこに切り替えるもん！」

「デジーナッ!?」

ビジールに子供っぽいと言われたデジーナが、瞳に涙をいっぱい浮かべながらとんでもない爆弾発言を投げつけてくる。

(め、雌牛ってまさか私なの!?　というかそういう方向での大人化は教育上よくないわ！)

ひぇ、と青ざめると、次に聞こえてきたのは、「ほんはほほひうへるほははほんへほはへはくはふほー」と言う三男ハビロンの言葉だった。

「もう一回言ってくれるかしら」

手土産のケーキを思い切り口に詰め込んだハビロンの言った内容が本気でわからず、双子と一緒にぽかんとする。

「んっ、んん、んーっ、と。『そんなこと言ってると嫌われるぞ』って言ったー」

ごきゅんとケーキを飲み込んだハビロンは、それだけ言うとまた口いっぱいにケーキを詰め込んだ。彼もまたバルフとは違うマイペースさを持っている。

「やだぁ！　嫌いにならないでぇっ」

「ダメェ！　嫌いになっちゃいやぁっ」

そしてハビロンの言葉に影響されたビジールとデジーナが同時にぎゅうっと抱き付いてくる。いつもは私がバルフに抱き付くことが多く、抱き付かれるというのは新鮮だ。

そしてそんな彼らに、私を甘やかすのが趣味なのかと思うくらい甘やかす夫を思い出し、彼も幼い頃はこんな風に甘えたりしたのだろうかと思いを馳せる。

バルフにどことなく似ていて、そしてやっぱり違う妹弟達が可愛くて愛おしい。

(だからこそ、ライトンとも仲よくなりたいわ)

バルフと喧嘩して家出したからここにいるくせに、そのバルフが迎えに来てくれるまでに打ち解けられたら、なんて当然のように考えて苦笑する。

でも、バルフはきっと迎えに来てくれるから。

ならそれまでに、バルフの大事な家族と少しでも仲よくなりたい。

「頑張らないと」

私は小声で呟き、気合いを入れ直したのだった。

「自慢じゃないけど、私、友達少ないのよね」

「本当に自慢じゃありませんねぇ」

自室に閉じ籠ってしまったライトンの部屋の前に立った私は、ごくりと唾を呑み込んだ。人付き合いが得意ではない自覚はあるが、だからといって諦める気は一切ない。

「ライトン？　入るわよ、少しお話しできないかしら」

「開けるよー」

ライトンから返事が来るかどうかドキドキしながら待つ私の横をスルリと潜り抜け、いきなり扉を開けたのはビジールだ。

「まだ返事が」

「いーって。だってここ、俺の部屋でもあるもん」

部屋数が、というより使用人がいないため、兄弟で手伝いあえるようにと同室らしいふたり。部屋の主でもあるビジールが扉を開けたのだ、せっかくの機会に便乗しない手もないだろうと私も顔を覗かせる。

「ライトン、さっきのことなんだけど」

ビジールに続いて部屋に入ると、ベッドの中で丸まっているのだろう。もぞりと動いた塊の傍にしゃがみ、声をかける。

「確かに突然バルフ……貴方のお兄様を連れていってしまったことは謝るわ。それにさっきのご両親のこともごめんなさい。けど、あれは誤解なの」

「……」

「そうだわ！　お土産にケーキを買ってきたの。一緒に食べましょう」

「……」

（手強いわね）

最初にもぞりと動いた以降、ピクリとも動かないライトン。

何かしらの反応があれば、それに対応する方法を考えればいいが、無反応だとどこから仲よくなる糸口を見つければいいのかわからない。ならばここはお金だ。クラリスもさっきお金は大体のことを解決すると言っていた。――そう、安易に考えたのがまずかった。

「それとも買い物に行く？　なんでも！　なんでも買ってあげるわよ！」

「そうやって金で解決させよーとするとこ、すごい嫌いだ！　そうやって兄ちゃんも買ったんだろ！」

言われた言葉がツキリと刺さる。お金で買ったつもりはないが、高位貴族の圧力で結婚に持ち込んだのは確かだったから。

「ほしがるものを買えば僕が懐くとか思ってんの!?　これだから金持ちって嫌なんだ！」

「待……っ！」

「あーあ」

私の制止を振り切り、そのままベッドからライトンが飛び出してしまった。

(私のバカ！　キャサリンの時に学んだのに！)

傲慢だと思われたのだろうか。

いや、傲慢だったのだろうか。

「だからバルフも、いつも受け取ってくれないのかしら」

プレゼントを用意してくれたのはもちろん嬉しかった。けれど同時に悲しかったのは、私のプレゼントを受け取ってもらえないから。

（けど、それはあげる『私』の意見であって、要らないものを無理やり押し付けられていたのだとしたら……）

放心してそのまま座り込んでいた私をクラリスがそっと立たせてくれる。

「んー。バルフ兄のことはわかんないけど、ライトンは拗《す》ねているだけだから大丈夫だよ」

「でも」

「裏の森で頭冷やしたらすぐ戻ってくるでしょ」

「森ですって⁉」

本をぱらりと開きながら興味なさそうにビジールがそう口にする。

だが、重ねられた彼の言葉に私は愕然とした。

「悪い狼に拐《さら》われちゃうわ！」

「いや、兄さんを拐《さら》った義姉さんみたいなのって滅多にいないっていうか、逆によく空気に溶け込んでる兄さんを見つけられたなぁっていうか」

「私が、私が守らなくちゃ」

「え、えぇ？　いや、森っていってもすごく小さなやつだし、狼どころか野犬もいないよ。ペットのエリザベスが毎日のびのび遊んでるくらいだし」

「そうよね、ライトンってばバルフに似て子兎のように可愛いもの！」

「バル兄って普段子兎みたいな感じなの？　知りたくない事実なんだけど」

「それに迷ったら大変だわ！」

「だからすごく小さい森で迷わないし、念のために目印のリボンだってつけてあるし」

「今助けに行くから待ってて、ライトン！」

「義姉さんは猪じゃん……」

飛び出してしまったライトンを追って私も慌てて飛び出す。

来た時には気付かなかったが、家の裏には確かに木々が広がっていた。

「すぐに見つけてあげる」

怖気付いている場合ではないと自身に気合をいれ、その森へと一歩足を踏み入れる。これでも狩猟大会に毎年ひとりで参戦し、居辛いからと森へ入ったことだってあるのだ。

（まぁ、入り口が見えるところまでしか行ったことはないのだけど）

それでも経験がゼロと触りだけでも一あるのとは天と地ほど差があるだろう。大丈夫だと自身に言い聞かせ、草木をかき分けて奥へと進む。木々には爪とぎの跡もなく、足元にも糞が落ちていない。恐れていた猛獣がいないことにホッと息を吐きつつ、ライトンを探して見回した。

「ライトーン、もう大丈夫よ、一緒に帰りましょう」

声を張り上げてみるが辺りはシンと静まり返っている。

「もっと奥まで行ってしまったのかしら」

だが私に引き返す選択肢などない。ライトンはバルフの弟で、そして今はもう私の可愛い義弟でもあるのだ。せめて足跡でも見つからないかと必死にキョロキョロと見回していると、ふと私の目に飛び込んできたのは見たこともない果実。

「あら？　これ、食べられるのかしら」

手を伸ばせば届く高さになっている手のひらサイズのその果物は、見た目こそ梨のようだが触ると少しぶよぶよとする。

（もしライトンがこのまま見つからなかったら）

もちろん私に諦めるという選択肢はないので長期戦になるかもしれない。ならば、この水分補給もできそうな果物は確保しておくべきだろう。

だが、いくつか採った結果、両手が塞がっていると気付く。

「でも人は水分がないと生きていけないわ。それに採った果物をどこかに置いておいてもそこへ戻ってこれるかはわからないし」

しかし両手が塞がっているのは絶対にまずい。どうしたものかと頭を抱えた私だったが、視界の端に何か揺れた気がし、誘われるように見上げた。

「リボン？　でも助かったわ！」

このリボンがあれば先ほど採った果物のヘタを結びまとめられる。ひとまとめにすれば片手があき、森でも問題なく動けるはずだ。

だが、どうしてこんなところにリボンがあるのだろう。いや、答えは簡単だ。きっとこれはバルフがあの弟妹達のようにやんちゃだった頃に遊んだ形跡に違いない。だって私が困った時、助けてくれるのはいつもバルフなのだから。

思わぬ痕跡にふふっと笑みを溢した私はさらに奥へ進む。しかしライトンの痕跡は見つからない。

「あぁ、クラリスを連れてこればよかったかも。ううん焦っちゃダメ、大事なことを見逃すかもしれないわ」

こんな時は深呼吸だ。深く呼吸し、冷静さを取り戻す。ここが森だからだろうか、いつもより空気が美味しく、また一度立ち止まったことで少し落ち着いたのか、視界が先ほどより開けたような気がした。そして次に見つけたのはブルーベリーだ。その奥には野イチゴもある。

「ここは果物がいっぱいなのね！」

試しにひとつ摘まみ口に入れると甘酸っぱくてとても美味しい。公爵家の人間がつまみ食いなんてはしたないかもしれないが、これもライトンがなかなか見つからなかった時の栄養補給に使えるだろう。けれど流石《さすが》にこんなに小さい実をたくさん持ち運ぶには袋が必要だ。しかし私が持っているのは先ほど採った果物だけ。

「困ったわね、何かないのかしら……って、あら？　またリボンだわ！」

偶然なのかはわからないが、さっきと同じリボンがまた枝に括り付けられている。

「つまりこれは、メティスのリボンなのかしら？」

バルフは六人兄妹。つまりあと四つのリボンがここにあるのではと推理し、枝を中心に視線を動かすと、案の定またリボンを発見する。

そのリボンは細い紐というよりスカーフみたいに幅があるものだったので、早速広げてブルーベリーを包み端を縛った。野イチゴも同じようにリボンで確保し、片手にまとめる。

「これだけあれば、今日明日は生き延びられるわ」

もちろんそんなことはできれば避けたい。ならばやはりライトンを見つけるしかない。今もどこかで心細くて泣いていることだろう――と、その時の私は本気で心配していたのだ。

まさかいつの間にか遭難していたのがライトンではなく私であり、当の本人であるライトンは森ではなく玄関でうずくまっていたなんて知らなかったから。


「ライトーン、どこにいるの？　さっきはごめんなさい」

「ラーイートンっ、ここかしら？」

「あぁん、どこなの、ライトン」

森に入ったライトンを探してもうどれくらいの時間がたったのだろうか。辺りはもう薄暗くなりはじめ、私も段々心細くなってくる。

「でも、ライトンは九歳なのよ。私よりもっと怖がっているはずだわ」

きっと森を歩けるのせいぜいあと二時間ほど。今から来た道を辿れば私は義実家へ戻れるが、まだライトンが見つかっていない。どんどん暗くなる森で幼い少年に、震える夜を過ごさせるわけにはいかないと、私は戻る道ではなく進む道を選ぶ。

（絶対、私が見つけてあげるからね！）

そして見つけたらまず思い切り抱き締めてあげるのだ。暗い森で夜を過ごすことになってもふたりならば幾らかはマシだろう。たとえ怖かったとしても、「怖い」と言える相手がいるだけで救われるものだ。ずっとひとりで過ごしてきたからよくわかる。バルフがいてくれると思うだけで私の心が強くなるから。

「うぅっ、思い出したら会いたくなってきちゃったわ」

日が落ち始めて少し肌寒くなってきたからだろうか。バルフの温度が恋しくて視界が滲む。泣いている場合ではないとわかっているのに、浮かんでくるのはバルフのことばかり。

自身の指に輝くバルフから貰った指輪をそっと撫でた私は、その指輪を包むようにぎゅっと左手ごと抱き締めた。その時だった。突然背後でガサリと音がしたのだ。

「ラ、ライトン？」

だが返事はない。そのことに違和感を覚えつつ、音がする方へと体を向ける。どうしてだろう、胸が激しく鳴っていた。

(ここには狼も野犬もいないって言ってたわ。それに猛獣の形跡がないことも、ちゃんと確認したじゃない)

だからこの音の正体はライトンのはず。なのにどうして返事をしてくれないのだろう。私が猛獣の痕跡がないのを確認したのはどこだった？　その場所から、今はどれくらい離れてしまっているのだろうか。あぁ、どんどん暗くなっていて音がする茂みがよく見えない。いいえ、あれはライトンのはず。きっとそう。もし違ったら——

「もし違ったら、どうなるの……？」

もしこれが猛獣なら。違ったとしても、たとえば野盗だったりしたらどうなるのだろう。まさか、もうバルフに会えないの？　そんな考えが過《よぎ》り、一気に体が震えはじめる。サプライズプレゼントを彼だけが用意していたからと、そんな理由でどうして喧嘩なんてしてしまったのだろう。本来ならば執務を終えたバルフと今頃食事を楽しんでいたはずなのに。

「どうしよう、怖い、怖いわ……」

サプライズプレゼントを受け取ってくれないことが不満なら一緒に買い物に出てプレゼントを選べばよかった。それもダメなら、ハンカチに刺繍をしてもよかったのだ。

彼がプレゼントを拒否するのは私に貢ぐクセがあるからで、どんなに不格好でも手作りのものなら喜んで受け取ってくれたはずだから。そんなことに今更気付いてももう遅い。

それにこの森にはライトンだってまだいるはずなのだ。もしこの音の正体が害するものだとしたら、私の次の被害者はライトンになってしまう。そして愛するバルフに、妻だけでなく弟まで喪う悲しみは絶対知ってほしくない。そこまで考えると、今度は逆に体の震えが止まった。そうだ、私は負けてはいけない。ライトンを守り、私だって生きて戻らなくてはならないのだ。

「き、来なさい！　こっちには魅惑のおっぱいがあるんだからねっ！」

おっぱい。それすなわち魅惑の脂肪なり。

(この柔らかさと大きさなら、大抵の攻撃は防げるはずよ！　多分！)

ごくりと唾を呑み、攻撃へ備える。いやこっちから突撃し、おっぱいで弾き返すのもありかもしれない。相手はまさかおっぱいで奇襲を受けるだなんて想定外のはずだ。そうやって隙を作った後はこのおっぱいで窒息させるのもいいだろう。

バルフ以外に触れられるのなんて絶対に嫌だが、これは生存戦略。それに私のおっぱいはずっとずっと一番の武器だったのだから。

心の中でカウントダウンをしながら、大きく息を吸った私はパニックのような思考のまま音の方へ思いっきり駆け出した。もちろん求婚する鳥のごとく胸を張ってだ。

「お、おっぱいアタークッ！」

「え、お、おっぱ……なんて？」

「へ？」

ドンッと全力で体当たりしたつもりだったが、直前に聞こえた声で思わず失速し、相手を弾き返す予定が逆に抱き留められてしまう。

本来捕まったならもがいて逃げる一択だが、驚いたように見開かれたそのオリーブ色の瞳に見つめられれば逃げられるはずも、そして逃げる選択ももうなかった。

「ラ、ライトンは⁉」

「まずは俺の名前を呼んでほしかったなぁ」

「バルフ！」

「無事でよかった、シエラ」

ずっと恋しかったその温もりにぎゅっと包まれ涙が溢れる。

あぁ、やっぱり私を助けてくれるのはいつもバルフなのだ。

「うぅっ、バルフ、ライトンが見つからないの」

「いや、僕はここにいるけど」

泣きながら訴えた私へと返されたその言葉に愕然とし、そして声がした方へ視線を向けるとバルフの後ろからひょっこりと探していた黒髪でオリーブ色の瞳の少年と目が合う。そして反射的にバルフの腕から抜け出しライトンへと抱き付いた。

「よかっ、よかったわ、無事だったのね……！」

「ちょっ、くるし、待っ、僕窒息しちゃっ」

「シエラ落ち着いて、大丈夫だから！」

ひしっと力いっぱい抱き締めるとふたりから焦ったような声がしてきょとんとしてしまう。

「あら。もしかしてバルフってばヤキモチ？」

「どちらかといえば呼吸の心配……、いや、やっぱり弟でも許せないか？」

私の言葉に考え込んでしまったバルフにくすりと笑い、そっとライトンを腕の中から解放する。

少し照れくさそうなのは迷子になっていたからだろう。

「大丈夫、森は誰が迷ってもおかしくない、怖いところなのよ」

「いや、僕は迷ってないし」

「果物を採って来たの。三人なら森での夜も怖くないわ」

「僕は今すぐ家に帰りたいんだけど」

「ふふ、安心して。明日の朝には必ず帰れるわ」

「あー、シエラ。言いにくいんだけど、ここから家まで五分もかからないから帰ろう」

「なんですって⁉」

バルフの言葉に呆然とした私は口をあんぐりと開けた。あんなに歩いたのに、たった五分で帰れるなんてそんなことありえるのだろうか。

だが、私のそんな疑問に気付いたのか、バルフが慰めるように頭を撫でながら口を開く。

「この森、森と呼ぶわりにすごく小さくてね。多分一周回って来たみたい」

「一周回って……？」

「そう。そのリボンが森の目印になっていたんだけど」

「え。こ、このリボン目印だったの⁉」

自分のやらかしに気付き一気に青ざめる。目印をほどいて森を進んでいただなんて、私はなんてことをしてしまったのだろうか。だが慌てふためく私を見て、ライトンが思い切り吹き出した。

「まぁ、その目印は外の人向けで僕らは流石《さすが》に迷わないし、そのリボンこそ、明日結び直せばいいだけでしょ」

くすくすと笑うライトンをぽかんと見つめる。

(初めて笑ってくれたわ)

その笑顔はやっぱりバルフと似ていて可愛くて堪らない。

「ライトン、貴方の大事なお兄さんを拐《さら》ってごめんなさい」

「え……」

私の突然の謝罪に驚くライトンの両手をそっと握った。

「そっちこそ怒ってない？」

「私が？」

言われた意味がわからず首を傾げると、戸惑ったように顔を伏せてしまう。

「私が怒ることなんてなかったわ。それより無事でいてくれて嬉しいの」

「それは、バルフ兄の弟だから？　だから嫌な態度の僕でも追いかけてきたの？」

「違うわよ」

(確かにバルフの弟だから仲よくなりたいって気持ちもあるけど)

でも、それ以上に『ライトン』だったから。

「ライトンが私に冷たかったのは、ライトンがご両親を、そしてバルフをすごく大好きだからでしょう？」

話しながらさっき私を落ち着かせるように撫でたバルフを真似てそっと頭を撫でる。

一瞬腕の中の小さな体が強張ったがすぐに力を抜き、手を振り払われることはなかった。

「私も同じよ」

「？」

「私もね、大好きなの。バルフも、義両親もバルフの弟妹達も。そして、ライトンも」

「で、でも」

「私の気持ちに私が好かれてるか好かれてないかは関係ないわ。私ができるのは、好きな人に好かれる努力をすることだけだもの」

バルフと婚姻を結んだ時も、そして今も。私にできるのはいつも同じ。

「ライトンにとって私は人攫いなのかもしれないけれど、私にとってライトンはとっても可愛い義弟なんだから」

そう言って笑うと、そんな私に釣られたのかライトンもふわりと笑ってくれて、小さな腕が私の頭を抱えるようにぎゅっと抱き締めた。

「かっわいいわ！　可愛いわ！　本当に天使だわッ！」

「ちょ、シエラっ、落ち着いてっ」

「まぁ、こんなに素直に好意を向けられたら、バルフ兄が陥落するのもわからなくないよ」

「ラ、ライトン」

そのあまりにも可愛らしい行動に張り裂けそうなくらい胸が高鳴った私は、思わず顔を擦り付けてライトンをさらに抱き締め返す。するとなぜか少し呆れにも似た笑いが返ってきたのだった。

ネイト家に戻ると、心配そうにしてくれている義家族がみんな揃っていた。

「お騒がせしてしまい、申し訳ありませんでした」

そう頭を下げると、すぐに隣に立っていたバルフが背中を撫でてくれる。そんな私達の様子を見た義両親は、どこか安堵した表情をして頷き合っていた。

「うわぁ、バルフ兄のそんな甘い表情見たくなかったなぁ」

「「似合わなーい！　似合わなーい！」」

なんて、兄妹達が口々に言葉を発し、そんな兄妹達の陰からそっとライトンが顔を覗かせる。

「シエラ姉も、また来てくれる？　今度はひどい態度、とらないから」

可愛い義弟にそんなことを言われて嬉しくないはずなんかない。

「もちろんよ！　次はお金のかからない遊び……そうね、木登りしましょう」

「シエラ姉は今時の九歳児が何して遊ぶのか一度調べた方がいいよ」

「シエラ様にはご友人がおりませんから」

「クラリス！」

相変わらずちょっと失礼な侍女と、そして可愛い義兄妹達に出迎えてもらった私は、今自分にあるこの幸せをもっと大切にしようと心に決め、迎えに来てくれたバルフとともにキーファノへと帰った。


そんなこんなで初めての夫婦喧嘩を終えた私達。キーファノで私達を待っているのは留守にしていた間に溜まったはずの仕事。だと思ったのだが、元々領主不在の間ずっと仕切っていたのはアドルフだったため、『仕事、何も溜まってなかった……』となぜかバルフが肩を落として寝室に戻ってきた。そんなバルフに思わずクスッと笑ってしまう。

「だったら少しくらい滞在して来ればよかったわね。実家は久しぶりでしょ？」

「それはそうなんだけど、でもそれはまた今度でいいかな」

「どうして？」

(久しぶりに家族に会ったんだから、話したいこともあったはずなのに)

不思議そうな顔をしていたのだろうか、私を見て横に腰かけたバルフがふっと頬を緩ませる。

「ちゃんと一緒に行こう。家出じゃなくて、ふたりでさ」

「バルフ……!」

そしてそっと私の手を取り手のひらサイズの箱を置いた。

「これは?」

「シエラが家出したキッカケのプレゼント」

「気付いてたの⁉」

「そりゃね」

苦笑を漏らしつつ手渡されたそれは、小さなルビーで大きな蝶を描いたような可愛らしい髪飾り。

「シエラに一番似合うものが、やっとできたから。きっとこの蝶のように君に惑わされる男がいっぱいいるんだろうけど、でも、俺だけのシエラでいてほしいな」

「私の心も、あと、体だって全部バルフのものよ」

「ならよかった」

そのままちゅ、と軽く口付けられて頬がじわりと熱を持つ。

「バルフばかりズルいわ」

「そうかな?」

いつも大事なところで必ず来てくれるし、今回だってちゃんと迎えに来てくれた。この髪飾りだって、きっと何度も試作して私のために用意してくれたのだろう。バルフと一緒にいられるだけで毎日がこんなに幸せなのに、私は全然返せていない。

「私だってバルフにプレゼントもっとあげたいわ」

「それは要らない」

「な、なんでよっ！」

あっさりと拒絶されショックを受ける私だったが、ふわりと慈しむように抱き締められる。

「だって俺は、毎日貰ってるから」

「貰ってる……？」

「シエラと一緒にいられる毎日を貰ってる。本当に毎日幸せなんだ、隣にいてくれるのも、俺に向けて笑ってくれるのも。その全部が俺にとって贈り物だから」

思っていたことと同じことを告げられ、ぽかんとしてしまう。

バルフと過ごせる毎日がとても幸せで、とても楽しくて。だから本当は私にだってプレゼントなんて必要ない。毎日幸せを貰ってるのは私もだから。

「私だって、バルフと過ごす毎日を貰ってるわ。お揃いだったのね」

「シエラもそう思っていてくれてたなら嬉しいな」

くすくすと互いに笑いながら、ゆっくりと唇が重なる。少しだけしっとりと吸い付くようなその口付けは、感触を楽しむようにちゅ、ちゅと押し当てては離すを繰り返していた。

「んっ」

いつの間にか私の後頭部をバルフの手のひらが覆い、離さないというように優しく動きを封じる。そしてそのまま深く口付けられた。

くちゅりと私の歯列をなぞるバルフの舌が、ゆっくりと奥まで入れられる。私の舌を絡めとるようにバルフの熱い舌が動くと、それだけで体がふるりと期待で震えた。そんな私の体を支えるようにバルフが私のお腹をそっと撫で、そのままゆっくりと這うように彼の手のひらが胸を包む。

「あ……っ！」

持ち上げるようにむにむにと揉まれると、ふとビジールに揉まれたことを思い出し、こんな時だというのに笑ってしまった。

「どうかした？」

「ふふっ、私の胸って確かに重いなって思っただけよ」

くすくすと笑いを溢すと、不思議そうに首を傾げたバルフと目が合う。

「たいしたことではないの。ビジールに揉まれた時、重いって言われただけで」

「ビジールに、揉まれた……？」

下心からではなく、完全な悪戯行為。しかも揉んだ後の感想がこれまた本気の心配だったので、私としては何も嫌な思いなどはしていなかったのだが。

「そういうの、帰る前に教えてくれないと」

「え、叱る？」

「叱る」

「相手は子供よ？」

（しかもほかならぬバルフの弟だし）

まさかバルフが不機嫌そうに顔を歪めるだなんて思いもしなかった私は、彼のその様子に唖然としてしまった。

「子供でも関係ない。シエラに触れていいのって俺だけだと思ってたけど」

（それ、嫉妬？　バルフが嫉妬!?　弟相手に嫉妬！）

「か、かっわいいわ！　もう、バルフってば、もうっ！　もうっ！」

「うぐっ」

その様子に思わず嬉しくなった私は、バルフの頭を抱き締めるようにぎゅうぎゅうと腕に力をいれる。そんな私に驚いたのか、バルフが少しだけ苦しそうな声を漏らした。

「ひゃっ」

ぢゅ、と突然夜着の上から吸われた感覚がし、ぞくりとした快感が私を襲う。押し付けるような形になっていた胸にしゃぶりつかれると、布越しにバルフの舌が乳首の辺りをゆっくりと刺激した。

「ね、シエラ」

「ぁ……、ん？」

「服の上からだと物足りないでしょ？　俺の両手は今シエラを支えてるから、自分でズラして？」

「ッ！」

くすりとオリーブ色の瞳を三日月形に細めたバルフが、れっと舌を見せつける。

（それ、自分で脱いでバルフの口元にあてがえってこと……？）

自ら彼に捧げるようなその行為を想像し、そのあまりにも卑猥な自身の行動が羞恥心を刺激する。

だが、それと同じくらい、彼から与えられるだろう快感を連想し、じわりと下腹部《はら》が熱を孕んだ。

「早く」

「……っ」

促されるままに夜着のリボンをほどき、ぱさりと落とす。簡単に露《あらわ》になった胸を、少し意地悪な瞳にじっと見られていると思うとなんだか堪らなく恥ずかしい。

（見られるのなんて、初めてじゃないのに）

今までバルフとは何度もシてきたし、何度も見られていることはわかっている。それなのに改めて自ら、と思うとなぜだかやたらと恥ずかしかった。けれど、このままじっと見られているままだというのもやはり恥ずかしく、渋々私は自分で胸を持ち上げ、そっと彼へ差し出すように近付けた。

の、だが……

口元に近付けたのに動いてくれないバルフ。ドクドクと激しく鳴る鼓動がさらに羞恥を煽るが、バルフはそれでもにこりと微笑んだままである。

「ほら、どうしてほしい？」

「ど、どうしてほしいって」

（口元に持ってこいって言ったのバルフなのに！）

くすりと笑うバルフに内心文句を言うが、どうしようもなく期待してしまった私の体は、微かにかかる彼の吐息にすらもピクピクと反応してしまっていた。

「な、舐めて……っ」

「じゃあ、ほら、舐めさせて？」

「――っ」

再びれっと出された舌。熱くなった頬から全身が火照《ほて》るようだったが、私は言われるがままに持ち上げた胸をそのままバルフの唇に押し付けた。

「ひゃあっ」

押し付けた乳首は、すぐにパクリと彼の口の中に含まれ強く吸われる。温かい彼の口腔内で、舌がくりくりと私の乳首を執拗に捏《こ》ねると、ずっと待っていた刺激が私の背中を快感として走り、ビクリと腰を震えさせた。

「びくびくしちゃって可愛いな」

私の腰を掴んだままバルフが横に転がると、あっさりと押し倒される形で上下が逆転してしまう。のし掛かる状態で両胸を掴んだバルフに何度も揉まれつつ、私が差し出した胸は相変わらずバルフの口の中で彼の舌に弄《もてあそ》ばれた。

「ふふ、そんなに舐めてほしかったんだ？」

「も、意地悪……っ」

「そう？　俺はシエラがしてほしいことをしてるつもりなんだけどなぁ」

笑いながらバルフの舌が強く私の乳首を弾くと、やはり堪らなく気持ちいい。

「シエラって、吸われるのも好きだけど弾かれるのも好きだよね」

「あんっ」

舌先でなぞりながら、反対の乳首がバルフの人差し指で軽く弾かれる。

「ほら、弾きやすいようにこんなにツンと立ってるよ」

「ちがっ、バルフが、触るから……っ」

「本当に俺のせい？　それとも、――俺のため？」

「ッ」

ずっと舐めていた乳首から口を離したバルフは、そのまますぐに反対の乳首に吸い付いてくる。

そのまま舐れろっと舐められると、熱い舌で火傷してしまいそうだった。

「ていうか、寄せたらどっちも一緒に舐めれるってエロすぎない？」

「ば、ばかっ」

そしてその雰囲気を壊すように、しみじみと感想を言われて私は思わず文句を言う。

そんな私に、ふはっと小さく吹き出したバルフの手のひらがするりと太股を撫でた。

「こっちも期待してくれた？」

くちゅりと蜜口に触れられると、まるで準備万端だとでもいうように湿った音を響かせる。入り口を浅く触れるバルフの指がどこかもどかしくて息が荒くなった。

「すごい濡れてる……けど、流石《さすが》に解さなきゃ」

バルフも興奮してくれているのだろう。彼の熱く荒い吐息が耳にかかり、それだけでとろりと愛液が溢れ、彼の猛りが太股をゴリッと刺激した。

早く私のナカに挿《は》いりたくて仕方ないというように彼の息がどんどん上がる。その吐息にすら怖いほど感じてしまい、私の方こそナカにほしくて仕方ない。

「バルフ、すき、すき……っ」

彼の首に腕を回し、奪うように口付ける。少し驚いたのだろうか、一瞬手を止めたバルフはすぐに私の舌と自身の舌を絡めながら抽挿する指の速度を上げた。

「あっ、あぁあっ」

ぐちゅぐちゅと何度もナカが掻き混ぜられ、その度に愛液が溢れる。

彼の指が膣壁を強く擦り、いつの間にか増えていた指がナカをバラバラに動く。

「ダメッ、そんな、激し……」

「イッていいよ」

「ひん！」

私の体を暴くように、バルフの指が蜜壺でクッと曲げられると、蓄積していた快感が一気に弾け視界が白く染まった。

「あ、あぁ……っ、は、はぁ……」

ナカが収縮し、彼の指をキュウキュウと締め付けているのをどこか呆然と感じていると、ちゅぽんと指が抜かれ、そしてくちゅ、と熱いバルフのソレがあてがわれる。そのままゆっくり腰を進められると、くぷりと愛液を溢しながら私のナカがバルフの指と同様に締め付けた。

「ん、シエラのナカ、熱い」

「や、バルフのも、熱いしおっきい……っ」

ピキッ、と一瞬固まったバルフは、なぜかゆっくり深呼吸したと思ったら、いきなりばちゅんと最奥まで貫いた。

「ひゃあぁッ⁉」

達したばかりで敏感になったナカを思い切り抉られ、再び一気に絶頂を迎える。それなのに抽挿のスピードを徐々に上げたバルフが、私の腰を掴みばちゅばちゅと何度も奥を突いた。

部屋に響く湿った音と、肌と肌がぶつかる音が堪らなく恥ずかしくて、そしてそれ以上に気持ちがいい。茹ったようにまとまらない思考ごと揺さぶられ、部屋には私の嬌声が何度も響く。

粘液質で淫靡《いんび》な音を纏《まと》いながら膣壁が擦られ、喘ぎ声を零しながら彼の剛直を蜜路が扱いた。

「バルフ、おくっ、奥にいっぱい……！」

「ちょ、シエラそんなに締めたらっ」

「ほしいの、奥にいっぱいちょーだい……っ」

「くっ」

ぐりっと子宮口の入り口を抉じ開けるように最奥を貫いたバルフから、どぴゅっと熱い熱が放たれる。じわりと広がる熱が嬉しくて、最後の一滴まで注ぐようにゆっくりと腰を動かすバルフをぼんやりと見つめた。きっとこれからの未来も堪らなく幸せで、愛に満ちた時間を重ねるのだろう。

そう思うと、私の胸に温かい想いが溢れるようで――

「……シエラ、まだ、終わらないからね？」

「え？」

少し目元を赤くしたバルフが、なぜか拗《す》ねたように私をじっと見つめ返していた。

「や、ひゃんっ、待って、だって今……っ」

「可愛いシエラが悪いよね？」

「ひゃ、あんっ、あぁんっ！」

バルフの出した精液と私の愛液が混ざり、より大きくなった卑猥な水音が部屋へと響く。達したばかりの私の体をしっかり押さえ再び抽挿を開始されると、言葉にならない嬌声をあげた。

「やぁっ！　ダメ、今イッたばかりだからっ」

「大丈夫、まだまだ夜は長いから」

「ひゃ、ぁんっ！　んんっ」

何度も繰り返しバルフの愛に包まれて、そんなバルフにしがみつくように必死に彼の背中に腕を回すと、啄むような口付けが額を掠める。

「愛してる、シエラ」

「ん、わた、しも……っ」

ゆっくりと近付く唇が、やはり吸い付くように、そして開いた隙間を埋めるように深く深く重なった。

最終章　もちろん私も望みます！　新婚旅行からはじめた溺愛婚（待望）

「じゃあシエラ、仕事行ってくるね」

「えぇ、待ってるわ。早く帰ってきてね」

「もちろんだよ」

ちゅ、と私の額に口付けが降り、啄むように唇も重ねられる。そんな初々しい口付けも嬉しいけれど、世界で一番格好よくて世界で一番大好きな旦那様なのだ。

「バルフ、もっと」

「ん、これ以上は仕事行きたくなくなっちゃうから……また、夜にね？」

「大好き、愛してるわ」

「俺もだよ」

名残惜しそうに何度も振り返るバルフが見えなくなるまで見送った私は、寂しさに胸を痛めながら私室のドアを閉めた。

「はぁ、ここにキャサリン様がいたら、『あんたらのせいで砂糖が余ってんのよ！』って塩投げられますね」

「砂糖と塩、間違ってるわよ」

「糖分を相殺してるんですよぉ」

わざとらしいほど大きなため息を吐いたのは私の侍女であるクラリスだ。侍女という立場ではあるものの、幼い時から一緒だったこともあり、どちらかといえば姉妹や友達という距離感で接するクラリス。その彼女の気安い話し口調が私はとても気に入っていた。

「お忘れかもしれませんが、バルフ様は同じ邸内の執務室で仕事されるだけですからね？　次はお昼にお会いになってご飯食べるんですよ？　何時間後かわかってます？」

「まだかしら？　もう会いたいの」

「今行ったばかりです」

はぁ、と再び大きなため息を吐くクラリス。

そんな彼女を見ながら、先ほど名前の挙がった親友を思い浮かべた。

「キャサリン、どうしてるかしら。ベルハルトかぁ……」

紆余曲折あり今では自称大親友であるキャサリンは、隣国のベルハルトに嫁いでしまった。それにベルハルトには、これまた紆余曲折あり私とバルフの養女になった私の元侍女であり、現在なんと王太子妃になったフィーナもいる。

(観光としては行ってないのよね)

前回行った時は一部の区画しか行けなかった。穏やかな国という情報は持っていても実際目で見て自分の足で歩くのとでは全然違うだろう。

みんなにも会いたいし、いつか行けたらいいなぁ、なんて考えながらこの日常を噛み締める。

「でも、私は幸せね。大親友に自慢の義娘、ベラも本邸からこのキーファノまで来てくれたし、それにバルフも愛してくれてるわ」

「仲睦まじすぎてたまったもんじゃないんですけど」

「こんなに幸せだと、いつかバチが当たりそうで怖いくらいよ」

「こっちは毎日お二人に当てられてるんですけどねぇ」

いつも通りの和やかな会話を楽しみながら、お昼まで三時間って長すぎると内心文句を言った私は、いつも通りクラリスが出してくれた紅茶を飲もうと手を伸ばし——

「……うっ！」

「シエラ様！」

突然の嘔吐感に襲われ思わずカップを落としてしまう。

その様子を見たクラリスは、すぐに青い顔をして駆け寄り私の背中を撫でてくれた。

「大丈夫ですか⁉　どうなされましたか⁉」

「わ、わからないの、でも突然気持ち悪くなって」

「とりあえずすぐに横になりましょう！」

クラリスに支えられながらなんとか横になる。

流石《さすが》長年、侍女として働いてくれていたクラリスだ。普段はどこかお調子者ぶっているものの、こういう時はテキパキと周りに指示を出し、医師を呼んでくれた。


「……ふむ」

私の症状や最近の体調、熱などを測った医師がふっと息を吐く。

俯く医師の顔に、私もクラリスもドキリとした。

「まず、バルフ様はまだこちらには？」

「それが、本日は邸内で執務の予定だったのですが、領地で少しトラブルがあったらしく出てしまわれたようで」

「そうですか……」

クラリスの話を聞いた医師が眉を下げる。その困ったような様子に言い知れぬ不安を感じた。

(夫と一緒に聞くほどの病気ってことなの？)

間違いない、これは幸せすぎたことによるバチが当たったのだ。

「そうよ、好きな人を拐《さら》ってはじめた結婚生活、恨まれるどころか愛されて幸せもいっぱい貰って」

「えぇ、愛し合われているからこその」

「そんな幸せが続くはずなんかなかったんだわ！」

「え？　いえいえ、シエラ様はご懐……」

「誤解!?　そんなことないもの！　だって私っ」

「いえ、誤解ではなく、いやある意味誤解なされて」

(毎日が幸せすぎて、それがずっと続くと思ってたわ。そんなこと、ありえないのに)

幸せというものは唐突に手のひらから零れ落ちるもの。当たり前を当たり前だと驕《おご》ってはいけない。

「私、あとどれくらい生きられる？」

「はい？　ですからシエラ様のお腹に」

「言わなくていいわ！　私の体のことだもの、わかってる」

「絶対わかってな……」

戸惑う医師を手で遮る。きっと彼も伝えるのは憚《はばか》られているのだろう。

（辛い役目をさせてしまったわね）

代理とはいえ私はこのキーファノの領主夫人。ここで弱気な姿を見せてはいけない。私が死んだら、バルフはきっと泣いてくれる。はじまりこそあれだったが、私達はちゃんと愛し合っているのだ。それだけで私は幸せな人生だったと思えるから。

（でも、だからこそバルフには最期を予感させて苦しませたくないわ……）

愛しているからこそ笑っていてほしいだなんて、きっと私の一方的なエゴだろう。私がいなくなった後に彼はなぜ教えてくれなかったのかと恨むかもしれない。それでも最期のその瞬間まで彼の笑顔を見ていたいから。だから、ごめんなさい、バルフ。

「お願い、バルフには言わないで」

「えぇっ、で、ですが」

困った様子の医師にゆっくり首を振る。残された人がどれだけ苦しむのかを想像すると胸が痛いが、これが私の最期のわがままだから。

「バルフはきっと、許してくれるわ」

「ク、クラリスさん……」

「あー、こうなったら止まらないのがシエラ様なんで。サプライズだと思えばまぁ、なくはないですよ」

「そういうもの、ですかね」

「そういうもの、ですね」

私の気持ちを察してくれたクラリスと医師を見て少しだけ安堵する。残りの時間でバルフとやれることを考えなくては。たくさんの思い出とともに旅立てるように。たくさんの思い出を残してあげられるように。不安だし怖い。けれど、いつだって時間は有限だから。

「バルフ……」

私はその大切な人の名前を抱き締めるように、そっと小さく呟いた。

残った時間はバルフとやりたいことを精一杯やる。

そしてそれは何なのか、を考えてあるひとつのことが頭に浮かんでいた。

「シエラ！」

「バルフ」

バタン、とノックもなく私室の扉を開けて部屋に飛び込んできたのはもちろん愛しい旦那様。

「話は聞いたよ、今はどう？　あ、立たなくていいから！」

出迎えるべく立ち上がろうとした私を慌てて制したバルフは、ソファに力なくもたれている私のところへ駆け寄りソファの横に跪く。

「今は……」

一緒に食べる予定だったお昼は、バルフに急遽仕事が入ったことでなしになった。そしてそのことをいいことになんとか飲み込めたフルーツだけしか食べてはいなかったのだが、正直に言えば心配をかけるだろうと口をつぐむ。

「それよりバルフ、私新婚旅行に行きたいの」

「新婚旅行？」

「えぇ。結局バタバタしてちゃんと行けてなかったでしょう？　ベルハルトならそこまで遠くないしどうかしら」

「あぁ、シエラが行きたいのなら。でもシエラの体調が完全に戻ってからにしよう」

「それはダメ！」

「え？」

思わず声を荒らげた私にバルフがぽかんと目を見開く。

（それじゃ間に合わないわ！）

「でも、体調が……」

「シエラ様のこの体調は、一般的にはあと二ヶ月か三ヶ月くらいですかね」

「二ヶ月？」

私達の近くで待機したクラリスがそう口にする。思ったよりも短い時間に私はゾッとした。

（あとそれだけしか時間が残されてないだなんて！）

ならばまだ動ける今のうちに絶対新婚旅行へ行きたい。バルフとの思い出がほしい。

「バルフ、お願い。どうしても今がいいの……！」

「けど」

必死で頼む私に戸惑うバルフ。そんな私達の前に、クラリスがそっと飲み物を置いてくれた。

「レモン水です」

「レモン水……？」

(私が今日吐いてしまったから気を遣ってくれたのね)

いつも飲んでいた紅茶ではないことに違和感を持つバルフを見て、誤魔化さなくてはと内心慌てる。こういう些細なところからバレてしまっては大変だ。

「ち、ちょっと味覚が変わったの」

「味覚が？」

「シエラ様は本日フルーツしか口になされておりません」

「フルーツしか？」

「ちょっ、クラリス！　えっとね、その……やたらとそういうものが食べたい気分だっただけよ」

それは嘘ではない。ほかのものをほとんど受けつけなかったというのもあるが、冷たく口の中をサッパリさせてくれるフルーツが美味しく感じるのも本当だったからだ。

「嘔吐感と、あと平均二ヶ月前後がピークで味覚が変わったって、それ……」

「い、言わないでバルフっ！」

「……シエラ？」

（や、やだやだ、気付かれたかもしれないわっ）

そう思っただけでじわりと視界が滲む。死ぬのだってもちろん怖い。

けれど何よりも、バルフの側にいられなくなるのが堪らなく怖くて不安だった。

「新婚旅行、今しか行けないの」

「うん、二人で行けるのは今だけだもんね」

きっと私の状態を少なからず察したのだろう。けれど、そんな私の不安ごと抱き締めるようにバルフがふわりと抱き締めてくれる。彼の温もりに包まれたことで少し体の力が抜けた私は、なんだか気分が急上昇した。

「確かにベルハルトならそこまで遠くはないし、無理のない範囲で楽しもう。向こうの国に頼れる人がいるのも安心だしね」

「でもこれは新婚旅行だからっ」

「あぁ。頼るのは体調が悪化した時だけにして、ふたりでゆっくりしようか」

「嬉しい！」

バルフの胸元に顔を埋める。この温かさが何よりも私を安心させてくれるから。

「すごいですね、会話が成立してしまったんですか」

はえぇ、とどこか感心した様子のクラリスの声を聞きながら、私達の新婚旅行が決まった。

それからはあっという間だった。

相変わらず食べ物の匂いで気持ちが悪くなってしまう私のために、野菜スープやフルーツ中心の食事が多く出されるようになったが、そんなメニューに何も言わず彼も同じものを食べている。

「バルフも同じメニューにする必要はないのよ？」

「でも匂いがきついんでしょ。俺はシエラと一緒に食べられる方が嬉しいからこれでいいんだよ」

ふふ、と笑ってくれるバルフが優しくてじわりと視界が滲む。あぁ、最近の私は涙腺が弱ってしまったようだ。

私が言わないで、と頼んだからか、あれ以来体調を気遣いはしてくれるものの、あまり深くは聞かないようにしてくれているバルフ。それだけではなく、新婚旅行へ行く時間を作るべく仕事を詰めているのだが、執務室に籠るのではなく私室に持ち帰るようになったのだ。忙しそうに根を詰めている姿は心配だが、私が眠りに落ちるまでろうそくの火が揺れる机で頑張るバルフの背中が眺められるのはとても落ち着く。

（安心するわ）

バルフの姿を見ながらうとうとする時間は私の心を穏やかにしてくれる。朝目が覚めると抱き締めてくれ、彼の香りに包まれて目を覚ます時間は私にとってかけがえのない時間になった。

彼も、私が目覚めるまで隣で様子を見てくれているらしく、目を覚ましたのを確認するまでは隣で横になっている。顔色を確認し、私が今かろうじて口にできるフルーツ水を渡してから仕事に向かうバルフを横になったままベッドで見送る日々。そんな自分が少し情けないが、バルフがいつも穏やかな笑みを向けてくれるからつい甘えてしまう。

そんな今までとは少し違う時間を過ごした私達は、彼の頑張りのおかげで私が新婚旅行に行きたいと言い出してから二週間足らずで行けることになった。何も憂いなく、とはいかないが、それでも念願の新婚旅行に行けるのは嬉しい。

「やりたいことがいっぱいあるの！」

「でも無理は厳禁だからね」

「わかってるわ」

（バルフの穏やかな顔を見るのは本当に落ち着くわ）

そっと彼に寄り添うと、腰を引き寄せてくれる。そのままバルフの肩にコツンと頭を預けると彼もそっと顔を寄せてくれた。

そんな私達をいつもならばハイハイと適当にいなすクラリスも、私の体調のことを知っているからか、温かく見守りながら旅の荷物を馬車に乗せてくれている。

「さ、体が冷えないようにシエラ様達は馬車に乗ってください」

「行こうか、シエラ」

「ありがとう、バルフ。クラリスも荷造りから全て任せてしまってごめんなさいね」

「当然です。医師もシエラ様達の後ろの馬車におりますので、必ず異変があれば教えてくださいねぇ」

クラリスにそう念を押された私とバルフはこくりと頷いて馬車に乗り込んだ。滞在日程はそこまで長くないが、道中は私の体調を鑑みて通常の倍の時間が予定されている。

「流石《さすが》に少し申し訳ないわね」

みんなの優しさを実感しながら思わずそう呟くと、隣に腰かけていたバルフがそっと私の手に自身の手を重ねた。

「皆がたくさん頑張ってくれた分、楽しい新婚旅行にしようね」

「えぇ。ありがとうバルフ、大好きだわ」

(バルフだって今日のために仕事の日程を詰めてくれてるの、知ってるんだから)

しかし顔には出さず、ただ私のために笑ってくれるバルフが愛おしい。そんな彼の手をぎゅっと握り返し、ゆっくり動き出した馬車の揺れに身を任せる。

いつもよりかなりゆっくりと馬車が進むのは、揺れが最小になるよう気を遣ってくれているからなのだろう。これも全て私が新婚旅行にどうしても今行きたいだなんてわがままを言ったからだが、それでも今回だけは引くわけにはいかず、そして私の気持ちに寄り添い、付き合ってくれる皆の気持ちが嬉しかった。

「絶対楽しい旅にしなくちゃ」

「うん、そうだね。順番に皆にも旅の自由時間を作ったし、キーファノに帰ったら有給休暇も出さなきゃだね」

「いい考えだわ！」

バルフのその提案に拍手していると馬車が止まる。すぐに御者から声がかかり、本日の宿に着いたことを知った。

「無理は禁物だからね。少しずつ進んで道中も楽しい旅にしよう」

「えぇ！」

まだ外は明るい。着いたのは集落に近い町で、案内された宿もこぢんまりとしていたものの、それがまるで童話の中の宿みたいで私をわくわくさせた。

「夕飯ができるまで、散歩してきてはいかがでしょう？」

「あぁ、シエラの体調がいいならそうしようか」

バルフがいるからか、いつもよりカッチリとした話し方をするクラリスに小さく笑みを溢しながら私も頷く。ちゃんとした旅行がはじめてだからか、胃のムカつきはあるもののいつもより気分はよかった。差し出された手にそっと自身の手を重ね、ゆったりと歩く。少し歩くと小さな花畑のような場所に出る。

「まぁ！　とっても可愛いわ」

「シロツメクサだね」

私にそう言いながらその場にしゃがんだバルフは、シロツメクサの花を摘みさっさと編んでいく。

「すごい、バルフってば何でもできるのね！」

「あはは、そんなことはないよ。弟妹が多いからよくせがまれて覚えたんだ」

くすくすと笑いながらあっという間に花冠を作ったバルフがそっと私の頭に載せてくれた。

「シロツメクサの花言葉は『約束』だよ。俺はこれからもずっとシエラを大事にするって約束する」

「バルフ……」

その言葉が嬉しくて、そして切なくて。

（それは、私がいなくなった後も有効なのかしら）

大きな喜びと、小さな影を私の心に落としたのだった。

疲れているだろうから、とその後すぐに宿へ戻った私達。すぐ吐いてしまうため、今回は料理長も一緒に同行し私がなんとか飲み込めるものを夕飯に作ってくれた。

「こんなところまで付き合わせてごめんなさいね」

「とんでもないですよ、こうやってシエラ様の食事を任されるのは光栄です」

慣れない環境で仕事をさせることになるのに、相変わらずみんなニコニコとしてくれるから、釣られて私もつい頬が緩む。

「帰ったらいっぱいボーナスを出すわ」

「お元気な姿を見せてくださるだけで、私達は満足ですよ」

「そ、れは」

「もちろんご家族全員の、です」

「家族、全員？」

料理長の言う家族全員の範囲はどこまでだろう。その中に私はいつまでカウントされる？　そんなことを考え、チクリと胸が痛む。葛藤に気付かれないよう精一杯の笑顔を貼り付け、にこにこちらを見る料理長へ精一杯の笑顔を向けた。

「えぇ、期待しているわ」

「はい！」

「伝わってるようで、絶対勘違いしてる気がしまぁす」

いい笑顔のシェフと、そんな一言を呟くクラリスに見送られながらバルフの待つ寝室へ向かう。

「お帰り、シエラ」

最近は特に部屋で横になりバルフを待っていることが多かったため、お帰りという言葉にきゅんとした。

(出迎えられるっていいわね！)

テンションが一気に上がった私はそのままバルフに抱き付くと、すぐにバルフの腕も背中に回りぎゅっと抱き締めてくれる。

「疲れただろう？　明日も移動だし、まだ早いけど今日はもう寝ようか」

「えぇ」

そのままエスコートするバルフに見惚れつつこっそりと部屋の壁を横目で確認する。

(ちょっと壁は薄そうね)

宿自体もこぢんまりしていたように、部屋の作りも小さくまとまっているこの宿。まるで小人の住む家のようでとても可愛く、それに小人の、と言いつつもふたりで過ごすなら十分いい部屋だ。

「それに、この狭さだとバルフといつも以上にぴったり引っ付くことになるわね」

「シエラ？」

「いいえ、なんでもないの」

思わず口から漏れた言葉を聞かれていなかったことにホッとしつつ、これからの時間を想像してごくりと唾を呑む。私をひとりにしないようにと寝室へ仕事を持ち込んでいたバルフ。最近は仕事をしているバルフを眺めながら寝落ちするのが定番で、営みは体調が悪くなった時から一度もない。

「流石《さすが》にここで仕事はしないだろうし」

そうなれば、久々の夫婦の時間だ。かなりご無沙汰になってしまった営みだが、これは新婚旅行。後悔しないいくらい存分にいちゃつくのも悪くないというか、ぶっちゃけいちゃつきたい。

(バルフの腕の中で目覚める朝も悪くないけど、バルフに愛を注がれて腕の中で眠りたいわ)

そしてそれこそ今だと思った私は、促されるままベッドに潜り込んだ勢いでバルフの体にぎゅうっと絡み付くように引っ付いた。

(もちろん武器は存分に使っていくわよ！)

バルフに見られないよう顔を埋めながらニマッと笑った私は、そのまま自慢のおっぱいをバルフの体にむにゅっと押し付ける。すると、すぐにバルフの手のひらが私の胸に這わされ……なかった。

「おやすみ、シエラ」

「へっ」

慌てて顔を上げるとすでに目を瞑ってしまっているバルフの顔がそこにある。

初めての不発。勃たなかったあの初夜の日だって、反応してくれていたのに不発なのだ。

(な、なんで!?)

久しぶりなのだ、絶対絶対バルフだって溜まっているはず。それなのに胸を揉むどころかおやすみのキスすらくれずに目を瞑ってしまったバルフに唖然とした。

(枯れるにはまだ早すぎると思うのだけれど！)

オロオロとするががっしり抱き締められていて身動きが取れない。

「ま、まぁこの部屋の壁、薄そうだもの」

そうよね？　なんて必死で答えを導き出した私は、自分で思っていた以上に旅の初日で疲れていたらしくそのまま気付けば眠ってしまっていた。


そして翌日。

宿の主人にお礼を言い、ベルハルトへ向かい馬車が進む。

やはり私の体調を気にしているのか昨日のようにゆったりとしたスピードで進む馬車は、無理せず明るいうちに次の町へ着いた。

(昨日より栄えているわ)

観光地とまでは言わないが、それでもマーテリルアとベルハルトというふたつの国を繋ぐ町だからだろう。昨日よりも大きな建物が多く、宿もしっかりとした作りとなっている。

「こ、この宿なら……！」

「シエラ？」

「な、なんでもないわっ」

あはは、うふふと笑って誤魔化した私は早々にバルフの背中を押して部屋に入った。

「もしかしてしんどい？」

私の様子で勘違いしたらしく、バルフが慌てて私の顔を覗き込む。それこそ狙っていたチャンスとばかりにバルフの頬を両手で鷲掴みした私は、自身の唇を彼の口へと押し付けた。

「んっ」

一瞬驚いた様子のバルフを無視し、そのまま何度も角度を変えて口付けを繰り返す。そのかいあってか、バルフの手のひらがそっと私の後頭部を支えるように触れ、押し付けるだけだった口付けに意志が宿った。

「ん、ぁ……っ、ん」

くちゅりと口腔内に侵入するバルフの舌に安堵する。やはり昨日は壁が薄かったからなのだろう。そう、思ったのに。

「今日はここまでね」

「⁉」

そっと離れたバルフの口からとんでもない言葉が出てギョッとする。

「な、なんで⁉」

「え？　なんでってそりゃ、まぁ……ね」

「まぁね⁉」

愛されているはずだし、口付けだって応えてくれたのにここまで。気遣われてるし、大事にされているが、それでもお預け。プロポーションは崩れてないはず。もし崩れていれば必ずクラリスが半笑いで指摘してくるから間違いない。

(だったらなんで⁉)

考えられるのは別の女性への心変わりだが、バルフに限ってそれはないと流石《さすが》の私も断言できる。

「まさか枯れて……?」

もし彼の勃ちが悪いならそれは一緒に改善策を練ればいい。でも、もしほかの要因があるならば。

「確かめなくちゃ」

「シエラ?」

ごくりと唾を呑んだ私は、そのままグイグイとバルフの体を押してベッドまで向かい、ぼすん、とベッドに倒れ込んだバルフの上に馬乗りになった。

「ちょ、シエラ⁉」

「バルフは黙ってて!」

「えぇっ⁉」

慌てるバルフを無視し、彼のお腹を撫でながら顔をじっと見る。

(嫌悪感……とかはなさそうね)

その事実にホッとした私は、お腹を撫でていた手をするりと彼の下半身まで滑らせた。

「ちょっ、シエラ待って、ストップストップ!」

「ここで止まる妻だと思わないことね!」

「ここで止めれる夫になりたいけども⁉」

触れたバルフのソコに芯があるのを確認してホッとする。勃たないわけじゃないらしい。ちゃんと私相手に興奮してくれていることにも安堵したところで、両腕をバルフに掴まれた私は、それ以上先に進むことは許されなかった。

「どうして？」

思わずムスッとしてしまう。そんな私を少し困った様子で見たバルフは、なぜか迷いながらそっと私の胸を揉んだ。

「んっ」

久しぶりに触れられているからか、いつもより敏感になっている胸がバルフの手の中でむにゅむにゅと形を変える。

「具合は？」

「今は、平気……」

（もしかしてもしかしなくても、体調を優先して我慢してくれていたのかしら）

ふとそう思うと、もうそうとしか考えられない。

「バルフ、私大丈夫だから」

いつも私を優先して大事にしてくれている少し過保護なバルフ。そんな彼の優しさを実感し、胸に温かいものが溢れる。高鳴る胸にもっと触れてほしくて甘えた声で名を呼ぶと、ごくりとバルフの喉が上下した。

（そうよ、心配する必要なんてないくらい、私達はラブラブだもの）

そんな彼の様子に満足した私は、そのままバルフの上に座ったまま体の力を抜く。

「は、ぁあん」

下から持ち上げるように揉みながら人差し指の腹で胸の先端があるあたりを服の上からそっと撫でられた。体を締め付けるといつも以上に何も入らなくなるため、ゆったりとした服ばかりをクラリスに着せられていた私は、その柔らかな布越しにバルフの指の感触を実感する。布地もいつもより薄いのだろう。それに久しぶりだからかいつもより感じてしまう。

まだ服の上から触れられているだけだというのに、ツンと主張してしまっているだろう乳首。そんな主張を見透かすようにバルフの指先が私の乳首をコリコリと捏《こ》ねた。

「あっ、んんっ！」

「ほんと可愛い、シエラ」

「ひゃあっ」

まるで口付けするように私の胸の先端に唇を寄せたバルフが、そのままカリッと歯を立てる。

「や、あん、それっ」

「どうしたい？」

「んん、もどかしいわ」

服越しという刺激がもどかしく、もっと触れてほしくてそう口にする。

その言葉を聞いたバルフはすぐに私の服を少しはだけさせ、彼の目の前に私のふたつのふくらみがぷるんと顔を出した。

「あっ」

「相変わらず手に吸い付くみたいだ」

バルフの視線が私のおっぱいに注がれていることを感じ、ドキリとする。もにゅ、と胸を持ち上げ乳首が前に来るように揉んだバルフは、そのまま顔を近付けた。ふっと乳首を掠めるようにバルフの吐息がかかり、乳輪をなぞるようにバルフの舌が這う。先を尖らせた舌が私の乳首をグリグリと押し込み、くちゅりと口に含まれたと思ったらぢゅっと乳首を強く吸われた。

「あ、ひゃうっ」

「痛くない？」

「痛く、なっ、もっと、バルフ……！」

私の乳首を吸いながらも気にしてくれるバルフ。

そんな彼に応えるように正直にそう言うと、くすりとバルフが笑った気配がして。

「ならよかった」

「ひゃぁあん！」

ちゅうちゅうと吸っていたバルフの舌が唐突に私の乳首をピンッと強く弾いた。その刺激に体がビクリと跳ねるが、もっととねだったからだろう。抱き締めるようにおっぱいへ顔を押し付けたバルフが何度も扱くように私の乳首を口内で捏《こ》ねる。その度に甘い痺れが全身を巡り、けれど抱き締められているせいで体から快感が逃がせず、私の口からは幾度となく嬌声があがった。

「敏感になってるね」

「や、言わない、でぇっ」

「なんで？　可愛いよ、ずっとこうしてたいくらい」

ちゅぱちゅぱと愛撫の音が耳をくすぐったと思ったら、唐突に胸から口を離したバルフがまっ赤に染まった乳首の先端を満足そうに見た。

「こっちも、してあげなくちゃ可哀想だよね」

「ひゃっ」

そして今度はさっきまでずっとしゃぶっていた胸とは反対の乳首に吸い付いてくる。

「あっ、あっ、あぁんっ」

「気持ちいい？」

「きもち、い、バルフ、きもちいい、の……っ」

バルフの熱い舌が乳首を刺激し、吸われる度にぞくぞくとした快感が背中を駆け上がる。胸しか触れられていないのに、久しぶりの愛撫で全身が敏感になっているからだろうか。

「あっ、ダメッ、何かきちゃ……！」

「ん、イきそうならイっていいよ、ほら、限界まで感じて気持ちよくなって」

「やぁっ、あ、あぁぁあッ」

一際大きな快感の波が私を襲い、脳を震えさせた。胸だけで絶頂へ導かれてしまう。

(私だけ達しちゃったわ)

はぁはぁと荒い呼吸を繰り返しながら、ぐったりとバルフの体にもたれかかると、そんな私の背中をバルフが優しく撫でてくれた。

「じゃ、寝ようか」

「⁉」

あっという間に寝支度が整えられたと思えば、いつの間にか並んでベッドに横になり、バルフに腕枕されている。

「……あ、え、へ？」

戸惑い、再び私の周りにハテナが飛ぶ。混乱を極める私を無視し、あっさりと目を瞑ったバルフはすやすやと穏やかな眠りについていた。

「ど、どうして？」

（なんで最後までしてくれないの？）

一度は杞憂だと思ったが、私は今由々しき事態に陥っていると確信する。

「なんてことがあったのよ」

「はぁ」

朝の支度をしてくれているクラリスにそっと耳打ちすると、どこか呆れたような顔をしながら今日着る服を出してくれた。

「どう思う？」

「そうですね、バルフ様は頑張っておられるな、と思いますが」

「えっ、バルフ？　私が誘惑を頑張っているつもりなのだけど！」

「だからこそ、私はバルフ様を誉めております」

絶対私の気持ちに賛同してくれると思ったクラリスが完全にバルフ側で思わずがくりと項垂《うなだ》れる。

そんな私に気付いたクラリスは、今日も体を締め付けないふわりとした服を私に着せた。

「そうですね、男性がそこまでされて堪えるのは、なかなか大変だとだけお伝えしておきます」

「堪える？」

「シエラ様の体を気遣って本能と戦われているんですよ」

そう言われてしまうと、これ以上文句は言えない。

（結局あれからそういう雰囲気にならないのよね）

相変わらずすぐに襲ってくる嘔吐感。そのせいで夜の行為どころか寝ずの看病をさせてしまった日もあれば、体調はそこそこよかったものの最初の宿のようにバルフといちゃつくには少し不向きな場所だったりもした。

いろんな要因が重なった結果、道中はあれからそういった雰囲気にはならなかったのだが。

「やっと着いたわ、ベルハルト！」

「ふふ、シエラが楽しそうで嬉しいよ」

「えぇ、とっても待ち遠しかったの」

（道中の宿は仕方ないとしても、ベルハルトの中心部であるここなら壁が薄いことも絶対ないわ！）

そう、やっとバルフと最後まで営める。新婚旅行という目的から完全に変わった気がしなくもないが、これも思い出作りだ。

それに何より、私がもっと触れてほしくて堪らない。

「体調はどう？　せっかくだから城下町を見て回ろうか」

差し出される手を取って並んで歩く。それだけで満たされる気持ちはもちろんあるけれど。

（ヤる、今晩こそ絶対ヤるわ……！　必ず最後までヤってみせる！）

私はそう固く決心した。

——とはいえ、もちろん新婚旅行だ。

夜が本番だとしても、もちろん楽しまなくちゃ損である。

「シエラ、何か買いたいものはある？」

「何かあるかしら」

バルフからの質問に思わず頭を捻る。はるばる隣国まで来たのだ、ここでしか作れないバルフとの思い出がほしい。

「確かベルハルトって、すごく豪華な大聖堂があったわよね？」

「あぁ、フィーナが婚約お披露目式で歩いていたところだね」

「あの時はかなり慌ただしくなっちゃったし、ちゃんと見てみたいわ」

私がそう口にすると、すぐに頷いてくれる。彼に連れられて私達はまず大聖堂へ向かった。

「改めて見ると、本当に豪華ね」

「そうだね、ステンドグラスも美しいな」

キラキラと射し込む光がステンドグラスの色を写し、真っ白な床に絵を描く。この神秘的な空間に思わずうっとりとした。

「せっかくだから少し祈っていこうか」

バルフに促され、近くのベンチに腰かける。

(結局フィーナとレイモンド殿下の間に、あの時子供はできていなかったのよね)

けれどとても仲睦まじい二人だから、子宝に恵まれる日も近いだろう。

「もし二人に子供ができたら、私達おじいちゃんとおばあちゃんになるの?」

そのことに気付いた私が思わずそう呟くと、隣にいたバルフがぶふっと思い切り吹き出した。

「肩書的にはそうなるね」

「まぁ、大変だわ! 孫って、確か子供を育てた経験を踏まえて可愛がるって聞いたもの!」

「確かにそれは一理あるかもしれないな。けど、もし今フィーナ達に子供ができれば同年代でいい遊び相手になるんじゃないかな」

何気なく言われたその言葉にドキリとする。

(同年代の子供?)

クラリスがあと二ヶ月と呟いていた。けれど、それは現状の余命だ。ビスター公爵家の全てとそれに隣国のコネも使って厳戒態勢で挑めば、バルフに子供を残してあげられるのではないだろうか。

(そうよ、私が後悔しないよう思い出を貰ってばかりじゃダメだわ。彼にも残してあげなくちゃ)

私がいなくなったとしても、バルフを支えてくれる存在。

(それに、私もバルフとの赤ちゃんほしいもの)

元々今晩は決戦のつもりだった。ならばここで決めるべきだろう。

「バルフ任せて、ここの神、手に入れてみせるわ」

「神を⁉」

「必ず成し遂げるから」

「なんで⁉　なんでそこまで神を⁉」

（お願いします、神様。私に健康で可愛い子供を、バルフをひとりにさせたくないの）

これまでこんなに熱心に祈ったことなんてない、というくらい熱心に、一周回って怨念すら全て込めて祈りを捧げる。本当に産むまで私の体が持つかわからないけれど、ことは一刻を争うのだ。

（胸のむかつきと嘔吐感だけだもの。今晩こそ絶対よ！）

私はそう心に決めた――の、だが。

「あの後もいろいろ歩いて疲れただろう？　今日着いたばかりで明日も観光するんだし、今日は寝ようね」

「ま、待ってバルフ！　ダメなの、絶対今日……」

「……」

「えっ、ちょ、嘘！　寝た⁉　なんで！　可愛い妻がおねだりしてるのに！　最後にシたのだってかなり前なのよ！」

ねぇねぇねぇ！　と冷や汗を滲ませながらバルフの下半身に手を伸ばし揉んでみる。ぴくぴくと反応はしてくれるが、けれど挿入できるかと言われると正直厳しそう。

「昨日は私の体調を気遣って徹夜だったものね……」

そう考えれば流石《さすが》に忍びなく、不本意ながらもそっとバルフの腕の中に潜り込む。彼の温もりに包まれると、それだけでささくれだった気持ちは満たされてしまった。

「明日こそ絶対抱いてもらわなきゃ」

私はそう呟きながら、夢の世界へ飛び込んだのだった。

そして翌晩。

「いろいろ面白いところがあったね」

「えぇ、そうね」

(夜のことを考えててあんまり覚えてないけれど！)

「まさか突然、あんな畑が出てくるとは思わなかったよ。事前に申し込めばそのフルーツを自分でもぎ取ってその場で食べられるって言ってたね」

「えぇ、たくさん採まなきゃだわ」

「もぎ取る、だよ」

(今日は夕飯のフルーツもスープも少なめにしたわ)

全く何も口にしないのは逆に心配をかけるだろうと軽くは口にしたが、いつもよりかなり量を抑え目にしている。それはもちろん、どんな上下運動にも吐かずに耐えるためなのだ。

「イケる。今日はイケるわ！」

そう確信した私は、バルフがよそ見をしている間にこっそり全部脱いでベッドに潜り込んだ。

（さぁ！　驚きつつも盛ってもらうんだから！）

なんだかんだで私が吐いてしまったあの日から数えてはじめての営み。久しぶりすぎる故にドキドキと痛いほど心臓が跳ねている。けれどそれはもちろん嫌だからじゃない。

（やっぱり、肌でも愛を感じたいもの）

最愛の人に触れられたい、もしまだ間に合うならば最愛の人の子供もほしい。

私が最後に彼へ残せる、そして私だけが許された権利だから。

ベッドの中で思わずごくりと唾を呑み込む。

（来る、バルフが来るわ……！）

ドキドキ、バクバクとうるさい鼓動。ベッドに近付いたバルフ。そっと伸ばされる手。

「うわっ!?」

上げられたのは彼の小さな悲鳴。

なぜ。愕然としていると、驚きつつも慌てて彼が私に服を着せる。

「ねぇ、なんで服を着せるの」

「体が冷えるとダメだからだけど!?」

（というか、なんでバルフがそんなに愕然とした顔してるのよ）

驚かせるつもりではいた。が、ここまで驚かせる予定ではなかった。幼い弟妹で慣れているのか、サクサクと服を着せてくれたバルフはそのまますぐベッドへ横になる。もちろんもう一度脱がすなんて絶対しなさそうな雰囲気だ。

「気付いてないかもしれないけれど、私、バルフとシたいわ」

「俺もシエラに触れたいよ」

「だったらなんで！」

「シエラの体が大事だからに決まってる」

当たり前のようにそう断言されると喜んでしまう自分もいるが、私にはもう時間がない。

いつもなら心配してくれたことや気遣ってくれるバルフの優しさが何よりも嬉しいのに、どうしてか胸の奥がモヤモヤと重く沈む。どこへも向けられないこのやるせなさと悲しさをどう表現すればいいかわからず、じわりと視界が滲み気付けばポロポロと涙が溢れてしまった。

「シエラ？」

大好きな人と結婚し、愛され、満たされているはずなのにやはり死ぬのが怖いからだろうか。情緒不安定になり、泣いてしまった私に気付いたバルフがすぐに抱き締めてくれた。

「大丈夫、俺はずっとそばにいるから」

そう優しく囁《ささや》かれると、刺々しい気持ちが落ち着いてくる。

(違うの。私がそばにいられなくなるのよ)

口から出かかったその言葉をなんとか呑み込み、その晩もバルフに包まれて眠りに落ちた。

「でも、このままじゃダメなのよ！」

「はぁ」

「というわけで、出掛けるわよ」

「新婚旅行って何か知ってます？」

バルフ様と行ってくださいよぉ、なんてぶつぶつ言うクラリスを無視し、お財布を確認する。いつもよりかなり多めに入れたのは、気合いを入れるためと必要なだけ買い込むためだ。

(昨日も上手くいかなかったけれど)

たくさん泣いてすっきりしたからか、心も晴れている。ぐっすりと眠れもした。

「つまり今日の私はとっても絶好調！」

「シエラ様の絶好調って、絶対何か違うんですけどねぇ」

少し呆れた様子のクラリスだったが、それでも私に付き合ってくれるらしく、いつもよりぐるぐるのぬくぬくに衣服を整える。なぜ。

「バルフ様が心配されるんで、少しだけですよ？」

「わかってるわ、買いたいものを買いに行くだけよ」

「買い物でしたらなおさらバルフ様と行かれた方がいいんじゃないですかねぇ？」

「ドキッとさせたいの！」

「シエラ様がいないと気付いて、違う意味でドキッとすると思いますけども」

呆れた様子のクラリスと一緒に、私は目的のお店に向かってこっそり部屋を抜け出した。

(実は初日に見かけて目を付けてたのよね！)

大聖堂への道中にあったいろんなお店。隣国で、かつ交流が盛んなふたつの国は品揃えが似ているものの、もちろん全く一緒というわけではない。

「あ、よかった。本当に近い場所にあるお店で」

「流石《さすが》に私だって空気を読めるのよ」

「面白いことを仰りますね、笑うところでした」

「笑わせるつもりなんてこれっぽっちもなかったわ」

クラリスと一緒に目当てのお店に入る。明るく清潔感のある店内に並ぶのは、黒や赤といったハッキリした色でシンプルなものや、ふわりとしたレースがふんだんに使われたもの、革紐などがあしらわれ、格好よくまとめたようなランジェリーだ。

「これで夜を盛り上げるわ！」

「拷問」

「なんでよ!?」

主に男性を誘惑するような魅惑的なものが並べられているコーナーへまっすぐ向かうが、「せめてあまり過激すぎないものをお選びください」とくぎを刺されてムスッと唇を尖らせる。

「たまには過激なのもいいじゃない」

「理性との戦いがより過酷なものになるからです」

「その理性を壊したいの」

ふむ、と顎に手を当て見回した私の目に飛び込んできたのは、どう見ても全て透けてしまっているランジェリー。

「これ、夜着と同じ形だけど透け透けで丸見えだわ」

「寒そうですね、却下です」

「えっ」

一瞬で却下され唖然とするが、確かにまぁ、全て丸見えだと脱がして見える瞬間のような楽しみがないかと考え直す。次に私の目に止まったのは、両胸のところにリボンが付いているものだ。

「このリボンをほどくと先端だけが出るわ」

「あー、大事なところに切れ込みが入ってるパターンのですか」

「可愛いランジェリーを楽しみつつ、中身も楽しめるってことね？」

「言い方がアレですが、冷えそうなので却下！」

「えぇっ」

こちらも却下されて愕然とする。まぁ、ほどくのはともかく毎回結ぶのは面倒くさいかもと思い直した。そしてさらに次、目に止まったのは革製である。

「これもランジェリーなの？」

「あー、鞭なんか似合いそうなやつですね」

「確かに」

それは体のラインにフィットした、少しコルセットに似たシンプルで格好いいものだった。

「こういうのも、たまには」

「体に負担がかかりそうなので当然却下です」

またもや却下され呆然とする。あれもダメ、これもダメを繰り返すこと数十回。体力が落ちてきているせいか、言い合いするだけで息切れした私だったが、なんとか胸元だけを緩くリボンで止める、ふわりとしたドレスのようなランジェリーで念願の許可が出た。

「でも、これランジェリーってよりドレスじゃない？」

「体を締め付けず、布地が厚くて体を冷やさないところが決め手です」

「でも色気があるかと言われると」

「バルフ様も絶対そっちの方がいいですよ。欲情的な意味も含めて」

「欲情してくれるかしら？」

「バルフ様なら欲情しそうな気がして段々不安になってきました。まだまだ我慢させるのに」

「？」

クラリスの苦悩はちょっと理解できなかったものの、それで「ＯＫを貰った」ランジェリーをなんとか購入する。最近落ち込み気味だった気分が一気に上がった。今晩こそ、と決意をしながらクラリスと急いで帰る。なかなか決まらなかったせいで思ったよりも時間がかかってしまったのだ。

「遅くなってごめんなさ……、あら？」

少し慌てながら宿に戻ると、なぜかいるはずのバルフの姿がない。

「あ、あら？　どこに行ったのかしら」

「えー、これ探しに出たんじゃないです？」

クラリスが私を指差して言う。

「嘘……つまりほかの女に会いに行ってるの？」

「ほかのじゃなくてシエラ様を探しにに決まって……」

「でも、最近深くは触れてくれなくて！　それもほかで発散してるからってこと!?」

「いやいやいや、絶対違う、絶対違うと断言できま……」

「う、浮気なんて絶対絶対許さないわっ」

「浮気なんて絶対絶対してませんって！」

いつもならバルフからの愛を疑うなんてありえない。ありえないのに、どうしてか今日は不安で不安で堪らない。自分に自信が持てず、上がったはずの気分が急降下して泣きそうになる。自分でも感情のコントロールができず、情緒がぐちゃぐちゃだ。

(そうよ、いつ吐くかわからないような女とヤるより、健康な女と発散する方が効率的だもの)

愛されている自信はある。けれど、心と性欲は別かもしれない。むしろ愛してくれているからこそ、私に無理をさせないよう、ほかで発散しようとしている可能性だってあるだろう。

「無理やりにでも挟めばよかった、私のこの豊満な武器で」

「それはまぁ、まだ安全なんでシたいならそれでいいんですけどっ、けどそんなに興奮するのは体によくないんで！　落ち着いてくださ……あぁあ！　転んだら大変なんで、ほんと走らないでぇ！」

嘆き叫ぶような声を出すクラリスを無視し、街の広場に小走りで向かう。きょろきょろと見渡した私は、すぐに目的のお店を発見した。

「いらっしゃい、何にする？」

「このお店の商品全部よ！」

「ぜ、ぜんぶっ⁉」

指差したのは色とりどりの可愛いお菓子が並べられたショーウィンドウ。持っていたお財布ごと店主に渡した私は、今度はお店の前に仁王立ちして声を張り上げた。

「すみませーん！　私の夫が！　浮気しに出掛けたかもしれないんですっ！」

「ぎゃぁあ！　シエラ様、シエラ様っ！　してません、絶対にしていませんから！」

「報酬はここのお菓子食べ放題！　目撃情報をくださぁーいっ！」

「ダメですダメです、公爵家の恥すぎるぅ！」

「黒髪に優しげなオリーブ色の瞳が麗しい、世界一格好いい夫なんです！」

「あ、それならバルフ様にたどり着かないんでいっかぁ」

大騒ぎする私達に最初に反応してくれたのは小さな子供達だった。

「本当にお菓子食べてもいいの？」

「もちろんよ。はい、前払い報酬」

「教育上、よろしくないなぁ」

やや呆れながらもクラリスが子供達にお菓子をいくつか手渡す。お菓子を貰った子供達は目をキラキラと輝かせた。

「黒髪のお兄ちゃん、見つけたら教えるね！」

「私も！　頑張って探すね！」

「ありがとう。食べ放題だから、またいつでも戻ってきてね」

にこにこと手を振ってくれた子供達に、私もにこにこと手を振り返す。

(子供って可愛いわ)

もちろん一番可愛いのはバルフだが、そんな大好きで格好よくて可愛いバルフの子供はどれだけ可愛さを上乗せしてくるのだろうと想像すると自然と口角が上がる。

そしてそれと同時に、いつまで時間があるのかがわからず、じわりと視界が滲んだ。

(こんな状況なのに浮気とか絶対許さないわ、絶対絶対阻止してやるんだからっ)

「子供だってほしいのに」

「いやいや、すでにシエラ様のお腹……」

「なんだい、新婚さんだったんかい？」

ハッと気付くと店主が私にハンカチを差し出してくれていた。

「こんなに可愛い奥さんがいるのに浮気なんて許せないよ」

「そうだな、妻の涙を拭えるのは夫だけだしな」

「仕方ない、俺達もお菓子で雇われてやるよ」

「皆さん……！」

「うわぁ。なんて不憫な展開」

みんなお店のお菓子をひとつずつ受け取り、思い思いの方向に走り出してくれる。

(温かい国だわ)

ここが大親友キャサリンが嫁ぎ、義娘フィーナが生まれ、そしてレイモンド殿下とともに守る国。

「素敵な国ね」

「そうですね、そんな人達を勘違いで振り回してますけどね」

「勘違いだなんて！　だって、だってバルフがいないんだものっ」

「いや、絶対、書き置きもせず出たシエラ様が元凶です」

「私の侍女が手厳しいわ」

「事実です」

そんな言い合いをしていると、最初に見送った子供が一人の男性を連れてきてくれた。

「黒髪ではありますが」

「バルフじゃないわ」

「えぇっ、ハズレぇ？」

「バルフはもっと目元が優しげで、けれど凛々しいところもある、神のごとき美丈夫なの」

「初耳です」

別人だと項垂《うなだ》れるその子に、お礼のお菓子を手渡し、ゆっくりしゃがんで頭を撫でる。

「夫ではなかったけれど、探してくれてありがとうね」

頭を撫でられると嬉しかったのか、ぱあっと明るい表情になった。その可愛い表情に頬が緩む。

「早く、バルフに会いたいわ」

浮気に向かったかも、だなんて街の人を巻き込んだくせに、そんな言葉がぽつりと溢れる。

それから何人もが目撃情報をくれ、そして何人もの黒髪の美丈夫が集められたけれど、その中にはバルフはおらずしゅんと項垂《うなだ》れる。

「神話から飛び出したかのような美しい肢体」「スッと通った鼻筋」「万物をひれ伏させるほどの神々しいオーラ」「目線だけでときめかせる愛らしい瞳」。

「……そんな男性が本当に存在するのか？」

あまりにも見つからないせいで、街の人達もとうとう首を傾げてしまう。

「どうして見つからないのかしら」

「絶対シエラ様の説明のせいでしょう」

完全に飽きてしまったらしいクラリスは、気付けばお菓子のつまみ食いまではじめている。

「私は事実を言ってるだけなのに」

「どんだけ分厚いフィルターかかってんですか、絶対バルフ様とすれ違ってる人、いっぱいいますからね。説明のせいでスルーされているだけで」

「そんなことな――、うっ」

「シエラ様！」

興奮しすぎたせいなのか、それともノンストップで動き続けていたからか。お菓子の甘い匂いの中にずっといたのもよくなかったのかもしれない。

（あ、ダメ、かも……）

そう思った時にはもう遅く、ぐらりと目眩がして足から力が抜ける。そのまま私はガクンと体勢を崩した。視界の端で焦って駆け寄ろうとするクラリスが見える。全てがスローモーションに見える中、何もない宙へ手を伸ばした、その時だった。

「シエラ！」

ぼやける視界を埋め尽くしたのは、闇とは違う温かい黒。そして穏やかなオリーブ色。

「ば、るふ……？」

「シエラ！　しっかりして、シエラッ、クラリス、すぐに医師を！」

「は、はいっ」

「ちょっとぉ、騒がしいと思ったらやっぱりアンタ達なの⁉　ありえなぁい！」

遠くで聞き覚えのあるいろんな声と、バタバタと駆けるような足音がする。そして私を抱き締めるバルフの心音が、触れている部分から伝わってきた。

(やっぱり来てくれた)

心細かった気持ちごと包まれたように感じて安堵する。きっと私は思ったよりも不安だったのだろう。ホッとしたと同時に、緊張の糸が切れたように私は意識を手放したのだった。


「ん……」

「気付いた？　気分はどうかな」

あれからどれくらいの時間がたったのか。目が覚めた私は、ベルハルトで泊まっている宿より、何万倍もふっかふかのベッドに寝かされていた。あまりの心地よさにしばらく放心する。

「……え、え？　決して宿代ケチったりなんてしなかったわよね？」

「ふぅ、いつも通りのシエラでホッとしたよ」

「いやいや、まず反省から入りなさいよ、アンタ達は」

「えっ、キャシー！」

「その愛称で呼ばないでくれる!? 黒歴史なのよっ！」

心底安心したという表情のバルフと、呆れながらもキャンキャン吠えるキャサリン。

「というか、なんでここに？」

「あんだけ街中巻き込んで騒いでたらそりゃこうなるっつの！ 私の夫、騎士なんだから！ 街の異変を確認しに行くのも、騎士の仕事なのよっ」

（キャサリンの夫って、確かレイモンド殿下の護衛騎士だったと思うのだけれど）

キャサリンの説明を聞いてもいまいち納得できず首を傾げてしまう。

そんな私に気付いたバルフがそっと耳打ちするように答えを教えてくれた。

「俺達は王太子妃の両親だからね、どうやら騒ぎを確認しにきた騎士の一人が気付いたらしく、ガルシアさんに伝えてくれたらしいんだ」

「確かに婚約式にも来たものね」

しかも当の王太子妃よりも年下の母になったからか注目も集めたので、私達の顔を覚えていた騎士がいたのだろう。けれどキャサリンの夫が知ることとキャサリンが駆けつけることは繋がらない。

「もしかして、キャサリンってば私達が恋しかったの？」

「違うわよっ！ どうせ、また誰かに迷惑をかけてると思ったからっ」

「シエラを心配して来てくれたみたいだね」

「まぁ！　キャシーってば」

「ほんっと黙りなさいよ、アンタ達ぃっ！」

顔をまっ赤にして怒っているキャサリンを見て思わず吹き出してしまう。

（そんな顔してたら、会いたかったたって言ってるようなものなのに）

相変わらず素直じゃない友人に、私は心の奥に温かいものが溢れるのを感じた。

「でも、キャサリンってば、すごくいいベッドを使ってるのね」

ふわふわで軽いのにしっかり暖かい。それにこのベッドだけでなく、部屋に置かれているもの全てが一級品だと一目でわかるほどに洗練されていた。

「当たり前でしょ？　だってここ、私の家じゃないし」

ハッと鼻で笑ったキャサリンがしれっとそう告げる。

「だったらここって」

キャサリンの家ではなく、そして私達が泊まっている宿でもない、ならば。

「ま、まさかバルフの浮気相手……」

「そんなわけありませんよ」

ギョッとした私の言葉に、私よりギョッとしたバルフ。そんな私達の空気を壊すように現れたのは、より磨きをかけ妖精どころか女神のように美しく輝くフィーナだった。

「王城の貴賓室です」

「フィーナ！」

「お久しぶりです、お義母さま、お義父さま」

私とバルフの義娘であり、私の元専属侍女、そして現在の王太子妃であるフィーナだった。

「フィーナ、会いたかっ……」

「そして今からは侍女のターンです」

「えっ」

はにかみから一気に表情がなくなる。美人は無表情が一番迫力があるとその時初めて私は知った。

「ど、う、し、て！　無茶をなされるのですか」

「む、無茶なんて」

「倒れて何かあったらどうなさるんです」

私を叱るフィーナからは、怒りよりも心配が滲み出し、そんな気持ちが申し訳なくも嬉しい。

「それにバルフ様は空気かもしれませんが、浮気はされません」

「フィーナ、侍女のターンだからかな、めちゃくちゃ言ってるけど」

「親子のターンでも同意見です」

「あ、そうなんだ……、いや、そうなんだけど……」

戸惑ったように頬を掻くバルフを無視し、フィーナは腕を組んだままベッドの横でドーンと仁王立ちする。完全に説教モードのフィーナに思わず首をすくめた私は、それでも一応自分の中の根拠を提示しようと口を開いた。

「でも、最近バルフってば抱いてくれなくて」

「それは挿入という意味ですか？」

「挿に……っ、ごほん、ま、まぁ、そうね」

相変わらず明け透けに話すフィーナの、そのあからさまな単語にドキリとする。

「大事ならば当然でしょう」

「で、でも、それだと子供がっ」

「えぇ、子供を産んでから、好きなだけずっぽりしっぽりなさってください」

「だからその子供を作――……、え？」

そのまま反射的に言い返していた私は、ここまで言われてやっとある可能性に気が付いた。

「私、死ぬんじゃないの？」

「死ぬほど悪阻《つわり》が辛いなら、むしろ絶対挿入しないでください」

「え、え？」

ぽかんと口を開け、そこにいたみんなの顔をぐるりと見回す。

そこには呆れすぎて顎が外れそうになっているキャサリンと、きょとんとした顔のバルフ。

フィーナは相変わらずあまり表情は変わらないがそれでも心配を滲ませている。

「あ。やっと気付いたんですかぁ？」

「私、妊娠してるの？」

「むしろ、何だと思ってたんですか」

そこへ荷物を抱えたクラリスが入ってきて、あっけらかんとそう言って笑った。

「妊娠。私が」

「え、シエラ、気付いてなかったの？」

「伝えようとしたんですけどねぇ。ほら、暴走したら止まらないんで」

「えっ、嘘、だってあと二ヶ月って！」

「悪阻《つわり》のピークが、でしょ」

確かに『二ヶ月』とは言われたが、『余命が』なんて一言も言われていないと気付く。

「そういえば最近コーヒーや紅茶が出ないのって」

「妊婦によくないからでしょう」

「バルフがやたらと水分を取らせようとするのは」

「水分補給が一番大切だからね」

全ての疑問に答え合わせをされ、呆気にとられる。どうやら私以外全員が気付いていたようだ。

「まぁ、俺は母さんが妊娠しているのを何度も見てるから」

「流石《さすが》の私でも、まずそこを疑うってのぉ」

「侍女ならば月のものの周期も把握しております」

「あ、私は医師から聞いたんでぇ」

「バルフとの、赤ちゃん……！」

今思えば、ベルハルトへ向かう道中の休息がやたら多かったのも、そしてかなりゆっくり馬車が進んでいたのも、私と、そして胎児への影響を気にしてだったのだろう。

「嬉しい、バルフとの赤ちゃん、嬉しいわ！」

「シエラッ！　俺も本当に嬉しいよ、愛してる……！」

「テンションの上がり下がり激しすぎない？」

「妊娠中は情緒が不安定になるものでございます」

「まぁ、シエラ様はいつもあんな感じとも言えますけどねぇ」

感極まった私をふわりと抱き締めるバルフ。

(そういえば、最近力一杯抱き締められることもなかったわ)

きっとそれも、お腹を圧迫しないようバルフなりに気を遣ってくれているからだったのだろう。

クラリスが許可を出してくれたランジェリーも、お腹を締め付けないようなデザインのものだった。

体が冷えないようにやたら厚着させるのも、きっとお腹にいる赤ちゃんのため。

思い返せば全ての行動がこの答えを示している。

「じゃあバルフがいなかったのは」

「そんなの、シエラが突然消えたからに決まってるだろ」

少しだけムッとした表情でそう告げられ、くすりと笑ってしまう。

(そうよね。バルフが浮気なんてするはずなかったわ)

こんなにも妊娠を喜び、こんなに私を心配してくれる人が浮気なんてするはずがない。

わかりきっていた結論に安堵しつつも嬉しさが胸を占め、そしてふとある疑問が思い浮かぶ。

「それにしてもどこにいたの？　街の人にお願いしても見つからなかったのに」

大人も子供も巻き込んでの大捜索。それなのにバルフらしき人物の目撃情報すら見つけられなかったことに首を傾げた。

「いや、見つかるわけなくなぁい？」

「え？」

「神話から飛び出したかのような美しい肢体、スッと通った鼻筋、万物をひれ伏させるほどの神々しいオーラ、目線だけでときめかせる愛らしい瞳」

私が挙げたバルフの特徴を指折り言われ、ドキリとする。

「ち、ちょっと、改めて言われると照れちゃ……」

「いや、誰よそれ」

「この部屋にはいらっしゃいませんね」

「辿り着くはずないって思ったんですよぉ」

「なるほど。何人かにそんな人見ていないかって声かけられたけど、俺のことだったのか。むしろ俺も探すところだった」

「えぇっ」

口々に言われた内容に愕然とする。

「あ、あとアンタが買ったお菓子は私が迷惑料としてその場の全員に配ったけどいいわよね？」

「迷惑料って」

「正当でしょ」

「アリガトウゴザイマス」

配られた理由には納得いかなかったものの、それでもキャサリンの配慮に感謝した。

「ま、駆け付けてくれるくらい、キャサリンも心配してくれたんだものね。お菓子、買ってあげましょうか？」

「そういうところよ、アンタ！」

すぐ顔をまっ赤にして怒るキャサリンにプッと吹き出していると、突然フィーナが挙手をした。

「私も心配して駆け付けました。場所も提供しております、ご褒美のお菓子ください」

「フィーナ!?　絶対、フィーナの方がいいお菓子を食べられると思うのだけれど!?」

「義娘ジョークです」

「そ、そんなジョークが……」

あっという間に部屋中が緩い空気に包まれる。

私は、私が思う以上に大事にされているのだと改めて実感したのだった。


「ふふ、こんなにふかふかのベッドでバルフと眠れるなんて」

「俺まで泊まらせてもらってちょっと申し訳ないな」

大事を取ってこのまま貴賓室に泊まったらどうかと言ってくれたのはほかでもないベルハルトの王太子でありフィーナの夫であるレイモンド殿下だった。

（お言葉に甘えてしまったけれど、本当にふかふかで気持ちいいベッドだわ）

流石《さすが》王城。公爵家でも一級品のベッドを使っているが、それでもやはり比べ物にならないほど良質なそのベッドはまるで雲のようで、そしてとても広々としている。

「ふふっ、あったかいわ！」

寝転びながら彼の腕にぎゅうっとしがみつくと、反対の手で私の髪を梳《す》くように撫でられた。

「本当はこのランジェリーでバルフを誘惑するはずだったのに」

「ランジェリー？」

「そう！」

今日クラリスと買った、体を締め付けず分厚く暖かいふわりとしたランジェリー。それを早速身につけた私をバルフがじっと見つめてきょとんとする。

「ラ、ランジェリー？」

「ランジェリーよ！」

「普通の夜着にしか見えないんだけど」

「それはその、まぁ、私にもそうなんだけど」

悩殺する予定だったこのランジェリーは、夜着すらも通り越して室内なら問題ないドレスに近いほど。体を冷やさないようにと選ばれたのだから仕方ないが、セクシーな下着で誘うつもりだった私としては少しだけ不満でもあったのだが。

「まぁ、シエラは何を着ても可愛いからな。あんまり煽らないでくれる方がありがたいよ」

照れながら伝えられるその一言に、一瞬で機嫌を直してしまう。少し前までもうこの先が長くないと嘆いていたとは信じられないほど穏やかな気持ちに包まれた。

(これからもずっと、そしてもっともっとバルフと一緒にいられるんだわ)

ふたりの新しい家族と一緒に。

「早くバルフに思いっきり抱かれたいわ」

「だからそうやって煽るのやめてくれる?」

もう、と照れ隠しで少し怒ったような表情を作るバルフを見ながら、再び私は彼の胸に飛び込んだのだった。


「バルフは男の子と女の子、どっちがいい?」

もちろん一般的に考えれば長子は男の子がいいだろう。しかし私達の住むマーテリルアは長子が家を継がなくてはならないという決まりもなければ、男子しか爵位を継げないこともない。

(それに私達はあくまでも代理領主の肩書しかないもの)

ビスター公爵家は兄の子供が継ぐだろうし、そうなればもちろん私達の子供はほかの貴族の子供よりも融通がきく。それに、どうしてもという場合は私のように婿を拐《さら》う——ではなく、貰うのもいいだろう。となれば、私は……

「バルフに似た可愛い男の子がほしいわ」

「シエラに似た可愛い女の子がいいな」

同時にそう口にし、きょとんと顔を見合わせる。

「あら、バルフに似た方が絶対可愛いわよ？」

「そう思ってるのは絶対シエラだけで、シエラに似たら天使のように美人だよ」

珍しく意見の合わない私達がそんな風に言い合っていると、後ろから思い切り大きなため息が聞こえた。クラリスが湯あみの準備ができたことを知らせにきてくれたらしい。

「どうせいつかどっちも産まれますって。こんなに仲睦まじい上に、バルフ様の家はご兄弟も多いですし」

「や、やだ、恥ずかしいわ」

「そうだよ、からかわないでくれると嬉しいな」

「二人して照れないでもらえます？　甘すぎて私が吐きそうです」

元々そこまで重くなかったおかげか、それともストレスから解放されたおかげか。クラリスの言っていた『ピークの二ヶ月』を待つことなく、私の悪阻《つわり》はおさまった。

「今ではこんなに大きくなったなんて」

「うん、スクスクと育ってくれているね。ありがとう、シエラ」

「あら、お礼を言うのは早いんだから！」

すっかり大きくなったお腹をそっと撫でるバルフを見ながらくすりと笑みが溢れる。まだ出産まではは時間があるが、それでもいつ産まれてもおかしくないくらい大きい。

（本当に赤ちゃんがいるのね）

そうしみじみと実感し、心が熱くなる。王太子の婚約者候補筆頭として冷遇されていたあの頃。まだ『候補』のうちに、と父を説得し、拐《さら》うようにしてバルフと結婚した。

（本当にいろんなことがあったわ）

喧嘩したこともあった。すれ違ったこともあった。バルフの実家に突撃したこともあった。

「思えばバルフの実家に行ったあの時に、子供って存在を強く意識したのかも」

「そうなの？」

少し不思議そうにするバルフにゆっくりと頷いて答える。心配したり振り回されたり遊んだり。無邪気で、そして生命力溢れる子供達が可愛くて、そしてそんな中に交ぜてもらえたことで私はこんな温かい家族を作りたいと心の底から思ったのだ。

「私の家は、母の体があまり強くないから」

かなり愛され甘やかされて育てられた自覚はある。けれど、療養する母に付き添う父。早くに結婚し、自分の家族を持った兄。大事にされ、愛されているとわかっていても、心の中では寂しさだって感じていた。そんな寂しさを溶かすように、そっと肩を抱き寄せられた私は甘えるようにバルフの肩へ頭を寄せる。

「んっ」

そのままどちらともなく唇が重なった。

「ふふ、バルフに似た女の子も捨てがたいわ」

「シエラに似た男の子ってのもいいなぁ」

少し苦笑するクラリスも、その顔には穏やかさを滲ませている。

婚約破棄から始まった私達の結婚生活は、そんなはじまりとは思えないほど幸せで温かくて――

「これからもよろしくね」

「こちらこそ」

これから続くだろう幸せな日々を夢見て目を瞑る。

「早く会いたいわ、バルフに似た赤ちゃん」

「俺も早く会いたいな、シエラに似た赤ちゃん」

そんなふたりの望みをまるで神様が叶えてくれたように、私達に男女の双子が家族として増えるまであと少し――……

この作品に対する皆様のご意見・ご感想をお待ちしております。

おハガキ・お手紙は以下の宛先にお送りください。

【宛先】

〒150-6019 東京都渋谷区恵比寿 4-20-3 恵比寿ｶﾞｰﾃﾞﾝﾌﾟﾚｲｽﾀﾜｰ 19F
（株）アルファポリス　書籍感想係

メールフォームでのご意見・ご感想は右のＱＲコードから、
あるいは以下のワードで検索をかけてください。

アルファポリス　書籍の感想　検索

ご感想はこちらから

本書は、「アルファポリス」（https://www.alphapolis.co.jp/）に掲載されていたものを、
改題、改稿、加筆のうえ、書籍化したものです。

だったら私《わたし》が貰《もら》います！　婚約破棄《こんやくはき》からはじまる溺愛婚《できあいこん》（希望《きぼう》）

春瀬湖子（はるせ ここ）

2025年 2月 25日初版発行

編集－桐田千帆・大木 瞳
編集長－倉持真理
発行者－梶本雄介
発行所－株式会社アルファポリス
〒150-6019 東京都渋谷区恵比寿4-20-3 恵比寿ｶﾞｰﾃﾞﾝﾌﾟﾚｲｽﾀﾜｰ19F
TEL 03-6277-1601（営業） 03-6277-1602（編集）
URL https://www.alphapolis.co.jp/
発売元－株式会社星雲社（共同出版社・流通責任出版社）
〒112-0005 東京都文京区水道1-3-30
TEL 03-3868-3275
装丁イラスト－神馬なは
装丁デザイン－AFTERGLOW
（レーベルフォーマットデザイン－團 夢見（imagejack））
印刷－中央精版印刷株式会社

価格はカバーに表示されてあります。

落丁乱丁の場合はアルファポリスまでご連絡ください。

送料は小社負担でお取り替えします。


ISBN978-4-434-35329-1 C0093